诗咏长征

赵忠抗★著

平凹题

中国出版集团公司
华文出版社

图书在版编目（CIP）数据

诗咏长征 / 赵忠抗著 .-- 北京：华文出版社，2015.11（2021.6 重印）
ISBN 978-7-5075-4426-8

Ⅰ. ①诗… Ⅱ. ①赵… Ⅲ. ①诗集—中国—当代 Ⅳ. ① I227

中国版本图书馆 CIP 数据核字 (2015) 第 244828 号

诗咏长征

著　　著：赵忠抗
责任编辑：张明华
出版发行：华文出版社
社　　址：北京市西城区广外大街305号8区2号楼
邮政编码：100055
网　　址：http://www.hwcbs.com.cn
电　　话：总 编 室 010-58336239　发行部 010-58336267
　　　　　责任编辑 010-58336211
经　　销：新华书店
印　　刷：三河市燕春印务有限公司
开　　本：710mm × 1000mm 1/ 16
印　　张：20.25
字　　数：200 千字
版　　次：2015 年 12 月第 1 版
印　　次：2021 年 6 月第 5 次印刷
标准书号：978-7-5075-4426-8
定　　价：58. 00 元

作者与著名作家、陕西省作家协会主席贾平凹（左）合影

贾平凹为《诗咏长征》诗集封面题写书名

作者探望长征老红军王定国（左）时合影留念

王定国题词“长征信念 长城精神”

中国人民解放军国防大学原政委赵可铭上将（左）为《诗咏长征》题词“红军精神伟大壮举”■

作者及中国电子商务协会三农办主任阚京茂探望国家原第四机械工业部部长钱敏（中）■

国家原电子工业部部长张挺（左）为《诗咏长征》题词“红军长征举世无双”■

作者与国家原信息产业部部长吴基传（左）在一起■

朱和平将军（左）为《诗咏长征》诗集题词“薪火相传 再创辉煌”

中国现代文学馆原常务副馆长周明（右）为《诗咏长征》题词“长征精神 薪火相传”

中共中央办公厅机要交通局原副局长（正局级）王添生（右）为《诗咏长征》题词“长征精神 永放光芒”

作者与融通汇信集团有限公司董事长李春平（右）合影

序一

我和赵忠抗先生同为陕西乡党，认识二十多年，同在北京互相来往较多，特别是十年来，赵忠抗先生研习诗词，我们的交流机会就更多一些。2007 年他开始出版诗集，请我为他的《赵忠抗诗集》题写书名并题词。2008 年，他所著《旧韵新咏》诗集出版后，在中国现代文学馆举办了“赵忠抗旧韵新咏诗集研讨会”，我是会议主持人。中国现代文学馆常务副馆长李荣胜先生及首都文学界著名作家、评论家以及社会各界代表 60 多人参加了会议，赵忠抗向中国现代文学馆捐赠了他所著的《旧韵新咏》上下册，李荣胜先生向他颁发了入藏证书。

2010 年 6 月，赵忠抗先生出版了《情牵商洛》一部诗集，8 月在西安召开“赵忠抗《情牵商洛》诗集研讨会”，由陕西省作家协会和贾平凹文化艺术研究院主办，时任陕西省作家协会党组书记雷涛主持。著名作家、陕西省作家协会主席贾平凹先生到会并做重点发言；著名文艺评论家、全国茅盾文学奖评委李星先生为该部诗集作序并出席会议；陕西省文学界、诗词界著名专家、学者及各界人

士 150 多人参加了研讨会。我和北京陕西籍几位作家应邀出席研讨会，因工作较忙和部分同志出差未能到会，受著名作家阎纲、何西来、雷抒雁、白描、白烨、李炳银等同志委托，由我代表他们一起向大会发了贺信，其内容是：忠抗同志多年来，在繁忙的工作之余刻苦学习，勤奋努力，坚持业余创作，取得了可喜的成就，可谓为政为文两相妍，祝研讨会圆满成功！

赵忠抗先生，当过兵，担任过农村基层工作的领导，上过大学，他所学专业系电子对抗专业，毕业后在国家科研机构、国家部委工作 34 年，先后从事过电子工程设计、科研、规划咨询以及行政管理工作，并非文学专科出身。从 2006 年开始，他利用业余时间开始自学古体诗词，由于他勤奋好学、刻苦钻研，近十年来取得了一定成就，先后在一些刊物、网络上发表词集近万首，集结出版了十三部诗集，他的诗集已入藏中国现代文学馆。

今年年初，在一次乡党聚会时，忠抗先生与我探讨，今年是中国人民抗日战争胜利 70 周年，也是工农红军长征胜利 80 周年，他想写一部诗集，反映红军长征的历史过程，宣传红军长征精神。我和在座的几位乡党一致赞成并表示支持。从今年 6 月开始，他广泛收集资料，撰写，并不断修改，于 8 月初完成初稿。一个星期六上午，忠抗先生带着他自制的样书前来找我，一是要我帮他修改、把关，二是请我为这部诗集作序。我对他说自己年事已高，已多年不为人序，让他请别人作序。但当我将这部厚厚的诗集拿回家阅读时，被书中内容所吸引，当我看完这本书后，发自内心的感言是，真的很不容易，真的是一部弘扬红军长征精神的一部好书。在忠抗先生的恳请下，

我愉快地接受了为这本书作序的请求。

《诗咏长征》这部诗集，描写了在中国共产党领导下，工农红军长征的历史背景、序幕以及长征的经过，如红军突围、湘江之战、遵义会议、四渡赤水、强渡大渡河、飞夺泸定桥、爬雪山过草地、抢渡金沙江、激战腊子口，红军会师到达陕北的过程。书中描述了红军领袖们、将士们可歌可泣的感人故事。弘扬了红军在国民党反动派“围剿”、封锁、围追堵截的情况下，红军将士不畏艰难险阻、浴血奋战、不怕流血牺牲的坚强意志和大无畏革命精神；颂扬了红军的崇高理想、坚定信心，以及百折不挠、追求真理、团结统一、患难与共的长征精神。特别用大量篇幅介绍了红军长征过程中，红军将士克服艰难险阻，在极其困难的条件下，顾全大局、英勇善战、团结友爱、互相帮助、军民团结等方面的动人故事，将红军形象活灵活现地展现在我们面前，对我们正在进行改革攻坚的人们是一种激励，对我们年轻一代人是很好的教育和启迪。

这部诗集的数量超过 80 篇，介绍红军作战超过 80 场，歌颂红军将领超过 80 个，红军长征中动人故事中的红军战士超过 80 个。这部诗集题材厚重，文学形式新颖，内容比较丰富，涉及面较广，系统性较强，在思想性、艺术性表达方面有独到之处。很多人写过红军长征的文章，集中起来出一本书例子很多，但是一个人，以诗歌的形式抒写一本厚厚的书，实属少见。所以这本诗集凝结了作者创作的心血，他用了大量时间、付出了辛勤的劳动。他是怀着对长征精神的敬仰之心，对无数革命烈士的深厚感情，对中国共产党的无比热爱用心写完这部诗集的，同时也体现了作者的追求和情操。

我在此向忠抗先生表示诚挚的敬意，并对这本书的出版表示由衷的祝贺！

这本书的出版，在学习、宣传和继承红色文化，在我们努力实现社会主义核心价值观、建设和发展中国特色社会主义的正能量方面，是一部很好的学习教材。

文学，是我们生命的快乐之氧，红色文化是我们创作的不竭之源。希望赵忠抗先生，在诗词创作上，刻苦学习，勤奋努力，有更多更好的作品奉献给读者。

周　明

二〇一五年八月二十日

（注：本序作者是中国散文学会名誉会长、中国报告文学学会顾问、中国现代文学馆原副馆长）

序二

我和赵忠抗同志均为陕西人，堪称乡党。他自 1977 年大学毕业后，一直从事电子信息产业相关工作。曾先后从事电子工程设计、科研、规划咨询以及行政管理工作。他当过农民、当过兵、当过中央国家机关正厅级干部，在近四十年的工作中，积累了丰富的工作经验。他退休以后，于今年年初，我公司聘他为专业技术顾问。

我本人出生在榆林横山县一个农民家庭，十八岁在延安参加了工作，曾在一个国营单位担任过工会主席。其后在延安从事房地产建设和开发，取得了较好的社会效益和经济效益。2012 年，我来到北京，创办了融通汇信投资管理咨询公司，并组建了中国电子商务协会投资管理咨询工作委员会。三年多来，在党的路线、方针、政策指引下，在社会各界同仁的大力支持下，我公司秉承“诚信第一，用户至上”的理念，在业务开展及各项经济活动中，遵纪守法，合法经营，无论从公司的人员规模，业务拓展，经济规模等方面都上了一个新的台阶。

我们在短短三年多时间里，能够取得较大的成绩，我深深感到，作为一个企业，必须重视企业文化和企业精神的培育、建设和发展，必须用民族文化和民族精神为引领，在企业管理中要弘扬正气、团结凝聚，激发所有员工积极向上、开拓创新的正能量，使企业在“物质文明、精神文明”建设中，做到两手都要抓、两手都要硬。为此，我们公司成立了党委、工会、青年团等组织，使企业的一切活动，在党组织的领导下，在公司班子的带领下有条不紊地开展。公司组建了毛泽东思想研究会，用毛泽东思想武装全体员工，继承和发扬革命优良传统，大力宣传和弘扬红军长征精神和延安精神，并经常组织开展系列活动。公司注重红色文化的学习、宣传和教育。例如，举办各种图片展览和文艺晚会等，在公司刊物以及网上宣传红色文化及实践活动。今年 9 月，我们公司组织曾在毛主席身边工作过的老同志，去榆林、延安、西柏坡等地参观学习。沿着红军当年活动的路线，重新体验在那艰苦的岁月里，毛主席领导党和人民百折不挠的革命精神，共产党人胸怀大志，救国救民的伟大实践，使参加学习的同志更加感到今天的幸福生活来之不易，更增添了我们在新的形势下，打好改革攻坚战的信心和决心。

今年是世界反法西斯战争和抗日战争胜利 70 周年，明年是中国工农红军长征胜利 80 周年。根据习近平同志“把红色资源利用好，把红色传统发扬好，把红色基因传承好”的指示精神，我公司研究、组织全公司 7000 多名员工，深入学习红军长征精神，使大家了解中国近代革命史和红军长征的历史意义，更好地发扬红军长征精神，使红军铸就民族魂的红色文化得到传承和发扬光大。为此，我公司研究决定，出版一部关于宣传红军长征精神的书，在大家多次研究、

集思广益的基础上，决定由我公司顾问赵忠抗先生执笔撰写一部《诗咏长征》诗集，作为我们对红军长征胜利80周年的献礼。

这部诗集比较系统和全面地介绍了红军长征的起源，即从江西瑞金出发，历经艰难险阻，打破敌军的围追堵截，英勇顽强与敌人浴血奋战的情景。描写了我军将士不怕流血牺牲的大无畏革命精神，弘扬了红军的崇高理想，追求真理，团结一致，患难与共的长征精神。同时介绍了红军将士顾全大局、英勇善战的动人故事。总之，这本书宣传了红色文化，对我们今天在新形势下继续改革起到积极的激励作用，对我们广大青年一代起到很好的启迪和教育作用。

感谢赵忠抗先生在这本书的撰写过程中所付出的辛勤劳动，并祝愿赵先生继续努力，写出更多更好的作品。

李春平

（注：本序作者是北京融通汇信集团有限公司党委会书记、董事长；中国经济贸易促进会农业项目投资工作委员会主任；中国电子商务协会互联网投资管理咨询工作委员会会长兼主任；世界和平联合会名誉会长）

目录

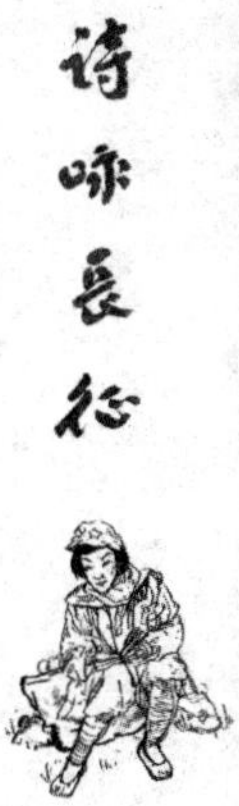

危难之中

一九三三年十月，民国政府总动员。
“围剿”革命根据地，动用兵力一百万。
首先派兵五十万，进攻苏区系重点。
在前四次战役中，执行毛泽东路线。
国民政府被打退，“围剿”目标未实现。
在第五次战役中，毛泽东失领导权。
中共临时负责人，博古原名秦邦宪。
防御方针他放弃，采纳苏联顾问言。

并为战斗定了性，国共开始大决战。
提出御敌国门外，采用军事之冒险。
要求红军全面攻，抢先国民军之前。
中央红军人员少，苏区只有近十万。
抢先进攻遭失败，红军死伤近一万。
中华政权苏维埃，首府瑞金遇危难。

瑞金云石山——张宏喜画

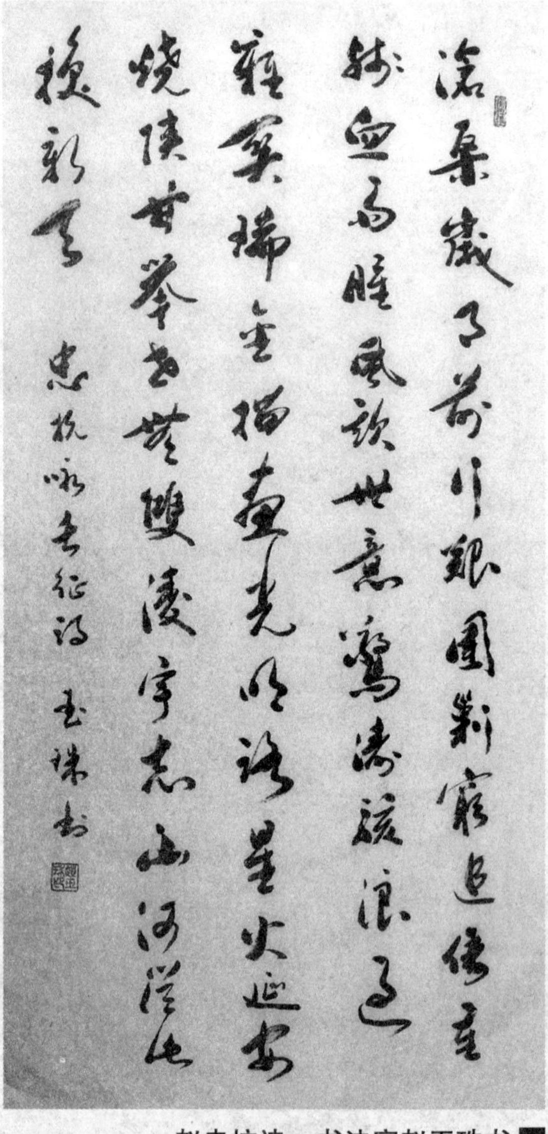

赵忠抗诗，书法家赵玉珠书

咏长征（新韵）

沧桑岁月前行艰，围剿穷追伤重残。
血雨腥风欺世意，惊涛骇浪过难关。
瑞金描画光明路，星火延安烧陕甘。
举世无双凌宇志，山河从此换新天。

占领遵义

红军最初之计划，突破国军之南线。
冲破封锁到湘西，会合二六两军团。
临时中央领导者，逃跑主义错误犯。
各种仪器随军带，导致行军较缓慢。
红军虽然作战勇，突破四道封锁线。
但是损失太惨重，红军人数大减员。
部队渡过湘江时，十万大军剩三万。
国民政府已判断，红军会合意明显。

调集重兵严布阵，企图要把红军歼。
革命危急之关头，毛泽东等挽狂澜。
中央改变原战略，争取主动渡难关。
向敌防御薄弱处，开进贵州之前线。
红军占领通道域，进入贵州东部边。
攻克黎平渡乌江，追剿之军甩后面。
一九三五一月七，遵义城被红军占。

北上方针

遵义会议是关键，红军局面大改变。
确立领袖毛泽东，正确领导得体现。
红军犹如获新生，重整旗鼓再奋战。
中央军委指挥下，机动灵活运动战。
贵州四川和云南，迂回曲折边界间。
四渡赤水显英雄，穿插敌人重兵间。
南渡乌江攻贵阳，诱出滇军来支援。
出其不意进云南，虚晃昆明敌丧胆。
五月抢渡金沙江，摆脱敌军堵截拦。
战略转移得胜利，蒋军歼我已破产。
党的民族政策好，彝族人民来支援。
正确路线来指引，顺利通过大凉山。
一九三五年五月，红军英勇上前线。

首先强渡大渡河，飞夺泸定桥天险。
翻山长年有积雪，人迹难觅夹金山。
六月十四到懋功，与第四军大团圆。
两支红军会师后，任务艰巨在眼前。
红军发展定方向，两江口会决议案。
集中主力向北上，创造苏区川陕甘。
七月上旬踏征途，首先翻越梦笔山。
连续作战再翻越，打鼓山和大雪山。
到达四川松潘后，毛儿盖处军营安。
八月中旬做决定，一四两军混合编。
组成左右两路军，继续北上过草原。
中央随其右路军，到达阿坝西巴川。
张国焘率左路军，中央催促他回还。
北上方针他不从，要挟中央再往南。
企图危害党中央，阴谋诡计被发现。
中央率领右路军，迅速转移脱危险。

红军长征之故垒懋功猛固桥——张宏喜画

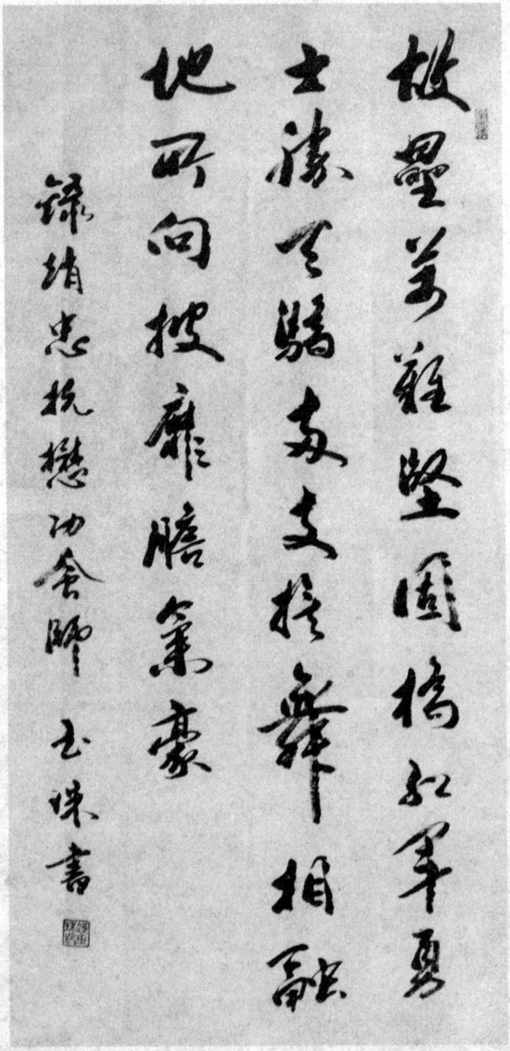

赵忠抗诗，书法家赵玉珠书

懋功会师（新韵）

故垒万难坚固桥，

红军勇士胜天骄。

两支旗舞相融地，

所向披靡胆气豪。

攻占天险腊子口，一场冲突转为安。
张国焘建伪中央，率领红四军向南。
中央决定去陕北，大本营将在此安。
十月十九这一天，红军到达吴起镇。
红四军在南下后，敌人袭击阻截拦。
被迫撤退到甘孜，会师红二六军团。
朱德贺龙刘伯承，号召广大指战员。
张国焘撤伪中央，被迫同意向北转。
一九三六年十月，红军三个大军团。
会师甘肃会宁地，长征胜利大团圆。

长征序幕

工农红军七军团，北上目的把敌牵。
吸引国民党兵力，中央苏区来支援。
粉碎国民党“围剿”，部队迂回常作战。
时值一九三四年，九月八日这一天。
中央命令六军团，出发长征把路探。
中央派这两部队，意图基本很明显。
红六军团之西征，长征序幕由此掀。
工农红军六军团，会合红军二军团。
一九三五年冬月，长征伊始在湖南。

具体地点在桑植，最后胜利到陕甘。

七军十军会合后，组建红军十军团。

中央苏区之外围，与敌重兵来周旋。

一九三五年一月，到达江西怀玉山。

陷入敌军之重围，方志敏等敌收监。

英勇就义方志敏，为了革命把身献。

部队余部一直在，坚持斗争闽浙赣。

红十八师

工农红军历史上，有支部队人三千。

敌军对我大“围剿”，兵力超过三十万。

湘鄂川黔根据地，危急时刻任务艰。

工农红军十八师，掩护二六两军团。

它拖不垮打不烂，战士皆英勇善战。

（一）战地动员

龙山县茨岩塘镇，湘西北部小地点。
驻着红军十八师，声名赫赫美誉传。
时值一九三五年，十一月之第四天。
桑植县辖刘家坪，联席会议正开展。
贺龙担任总指挥，此时工作部署完。
红军将要大转移，十八师打掩护战。
十八师长张振坤，贺龙微笑对他言。
反击敌人要主动，灵活机动把敌歼。
要把敌人吸引住，红军主力要向南。
萧克王震两首长，专程来看指战员。
叮嘱大家记使命，打好这场牵制战。
红十八师老部队，中央苏区早成编。
张振坤早任师长，政委他也一身兼。

多年军事生涯中，积累实战之经验。
红六军团都知晓，游击专家把他赞。
该师下辖两个团，部队人数超三千。
张振坤向贺龙说，我师已经做动员。
我们坚持四不怕，下定决心排万难。
不怕敌人多强大，不怕环境恶与险。
不怕疲劳与困苦，不怕牺牲永向前。
依靠根据地群众，能攻善守把敌歼。

（二）茅坪战斗

时值一九三五年，十一月十五这天。
张振坤他率部队，指战员共五百员。
兴隆茨岩塘出发，攻击永顺保靖县。
将敌引向酉水岸，掩护主力向东南。
他又率部向北撤，返回茅坪这一线。

看似保卫根据地，实际却把敌人牵。
为何全力守茅坪，这里地势很关键。
通往各地是要冲，控制来凤和龙山。
部队到达茅坪后，敌人虚攻做试探。
后边并无大部队，我军占领制高点。
首长此时下命令，战士齐投手榴弹。
鬼哭狼嚎敌人乱，晕头转向滚下山。
首战胜利初告捷，此战鼓舞指战员。
在老百姓启发下，我军实施竹签战。
斑竹两头都削尖，两天做成好几千。
三分之二插入地，竹尖露出地上面。
竹签插在主阵地，我军早已布置完。
时逢冬月二十一，敌人三百又来犯。
飞机大炮掩护下，反复冲锋茅坪前。
敌到竹签地段时，我军开展猛烈战。
慌忙择路之敌人，踩上竹签乱成团。

我军痛打落水狗，百余敌军被我歼。
直到主动撤离前，敌人未破我防线。

（三）苦竹坪激战

苦竹本系土家语，顾名两面是高山。
苦竹河镇两面山，集镇就在河岸边。
建于唐宋盛明清，位于澧水上游岸。
千帆林立老码头，商贾云集古市繁。
红十八师在这里，与敌展开殊死战。
一九三五到年末，敌人调整出新编。
三十四师周燮卿，避开我军茅坪线。
从龙山县兴隆街，向茨岩塘方面赶。
红十八师发电报，新的任务不容缓。
主动撤出根据地，湖北鹤峰再重建。
十二月又十三日，红十八师往北赶。

部队赶到苦竹坪，孙连仲部把路拦。
逢敌二十六路军，狭路相逢又激战。
虽然灭敌百余人，敌人势众我军单。
边打边撤是战术，摆脱敌人已傍晚。
就在撤离之途中，一船女兵被敌拦。
另有红军一个连，敌人实施分割战。
我军此连指战员，全部牺牲把身献。
后遇敌军张万兴，率部又与我激战。
苦战经过六小时，击毙敌人三十员。
十二月又十四日，十八师进桑植县。
反动防团联合袭，我军损失一个连。
部队进行修整时，又接上级之来电。
得知主力向贵州，石阡镇远等地转。
第二天开师大会，决定迂回西去黔。
师长张振坤号召，坚定信心和理念。
克服艰难与困苦，突出重围是关键。

与我主力去会合，不怕牺牲永向前。

（四）马鬃岭突围

湘西有个马鬃岭，万山群中不显眼。
十八师追主力时，敌如猛虎将路拦。
此地敌人布重兵，红十八师损失惨。
时值一九三五年，十二月十六这天。
十八师离桑植县，掉头向西途凶险。
五十三团为先锋，五十二团在后面。
师直机关和民兵，连夜行军把路赶。
行至要道马鬃岭，地势复杂多峻险。
为阻我军向前进，敌人已将碉堡建。
当晚夜深人静时，我情敌人未发现。
五十二团在其后，误入敌人警戒线。
碰响敌人警报铃，敌人碉堡射子弹。

马鬃岭口被封锁，前后部队被隔断。
附近敌军追上来，激战我军大减员。
情况紧急天已亮，迅速突围是关键。
张振坤派警卫连，保卫电台为通联。
我军百人做迂回，到达马鬃岭侧面。
此地开阔地势宽，迅速跑向这路段。
决定拼死冲过去，敌人发现时已晚。

（五）会师黔东江口

马鬃岭之突围战，红十八师损失惨。
部队一千二百人，通过敌人封锁线。
敌人重兵围攻下，一边战斗一边转。
进入湖北来凤地，又与保安旅激战。
师参谋长负重伤，团长刘风亦伤残。
被安置在百姓家，休息养伤十多天。

刘风不幸敌发现，惨遭杀害把身献。
五十三团新团长，樊孝竹将重任担。
在与敌人激战中，英勇牺牲永长眠。
张振坤率指战员，与敌战斗又开展。
一路夺关又斩隘，艰苦奋战鄂川黔。
时值一九三六年，一月九日这一天。
会师红军六军团，在黔东江口磨湾。
红十八师苦作战，只剩六百指战员。
军团军长和政委，萧克王震迎上前。
亲自迎接十八师，充分肯定高度赞。
红十八军拖不垮，英雄部队打不烂。

孤军突围

时值一九三五年，冬月四日这一天。
湘鄂川黔省军委，召开会议桑植县。
红军二六两军团，誓师突围准备战。
六军团之十八师，暂时停留在龙山。
以茨岩塘为中心，根据地湘鄂川黔。
负责把敌人牵制，掩护主力战略转。
军团领导有交代，部队走后情恐变。
大家可能被包围，敌军人数十多万。

千方百计要挺住，不怕敌军来打散。
打散化装成百姓，快朝主力方向赶。
十八师长张振坤，他向全师做动员。
口号响亮四不怕，一不怕敌多强顽。
二不怕环境险恶，不怕困苦为第三。
四不怕流血牺牲，完成任务把敌歼。
从十一月十五起，张振坤部上前线。
五十三团一个营，五十二团部分员。
含游击队五百人，龙山兴隆向西南。
进攻永顺和保靖，将敌引向河南岸。
二六两军突围时，十八师把敌人牵。
忽南忽北多出击，虚实敌人难判断。
时间过去十多天，十八师勇猛激战。
不怕流血和牺牲，掩护主力已实现。
红军主力突围后，敌调兵力近十万。
围我革命根据地，推进至湘鄂川黔。

四方八面施合围，十八师遭遇大难。

面对敌人疯狂攻，十八师用游击战。

敌军超我数十倍，我军英勇抗敌顽。

红十八师接电报，立即突围把路赶。

赶上红军主力军，十八师听党召唤。

主动撤出根据地，迷惑敌人兜圈圈。

把敌甩得更远些，保证主力之安全。

时值十二月三日，十八师打突围战。

经过四天又四夜，茨岩塘区兵撤完。

开辟新的根据地，前往湖北鹤峰县。

时到十三日上午，行至桑植苦竹坪。

遇敌二十六路军，开展一场遭遇战。

消灭敌人百余名，前方重敌把路占。

北上已经不可能，放弃计划又向南。

得知红军主力军，拟向贵州方向转。

就在桑植陈家河，红十八师把誓宣。

不惜一切之代价，会师主力奔向黔。
时至十二月十六，红十八师向西转。
踏上会师长征路，十七日到永顺县。
十八日到龙山后，行至洗车河发现。
敌何友松团在此，发生激战很自然。
二十日遇周燮卿，与其敌军又开战。
红十八师终突破，湘鄂边界封锁线。
本次突围损失重，红十八师大减员。
最终一千二百人，通过敌人封锁线。
二十一日入湖北，到达湖北来凤县。
入鄂不到一个月，在漫水地施整编。
在张振坤率领下，经历艰苦又转战。
鄂西川东和黔东，边走边打多风险。
时值一九三六年，一月九日这一天。
到达黔东江磨湾，会师红军六军团。
红十八师六百人，仅缩编为一个团。

赤水战役

一九三五年一月，遵义会议很圆满。
确立领袖毛泽东，制定方针和路线。
蒋军逼近遵义城，集中兵力四十万。
红军三万七千人，处于危险之局面。
决定进入川西北，摆脱敌军是关键。
迅速北上过长江，兵分三支把路赶。
此时情况已告急，赤水城被敌军占。
我军攻城未成功，军委决定思路变。
集中围歼尾追兵，面对川军四个团。
由于敌情多变化，未能将敌全部歼。
为避免我军被动，撤出战斗为保全。
中央军委做决定，西渡赤水有方案。
奔向古蔺地区南，寻机北渡长江岸。
一月二十九日晨，三路纵队上前线。

此时敌军已部署，兵力三十六个团。
全力堵我向北进，已到长江之北岸。
大批敌军逼近我，形成很大包围圈。
中央临时做决定，北渡长江暂放缓。
改向扎西来集中，把敌引到川滇边。
黔北敌军兵力少，避实就虚好实现。
调动敌人转东进，再入黔北成自然。
寻找时机打尾追，痛击薛岳之集团。
二月二十四这天，我军占领桐梓县。
部队临时作休整，准备夺取娄山关。
贵州北部娄山关，自古兵家必争占。
贵州军阀王家烈，部署兵力四个团。
二十五日之清晨，红三军奔娄山关。
一场激战夺要地，敌人反攻未实现。
红军越战越勇敢，敌军仓皇逃向南。
红一和红三军团，继续开展追歼战。
黔军弃城向南逃，我军又将遵义占。

敌吴奇伟遇增援，两个师又来冒犯。
我军果断抓战机，勇猛将士一军团。
直插敌军指挥部，敌军逃过乌江岸。
红二军团于黄昏，歼灭敌军一大半。
遵义之战得胜利，我军将士大团圆。
正值当年三月初，敌军重兵又来犯。
我军放弃遵义城，又与敌人来周旋。
三月十六这一天，渡过赤水入川南。
古蔺方向再前进，待机北渡过长江。
前堵后追敌军来，再次反扑到川南。
形成包围我军势，此时局势很危险。
红军领袖毛泽东，令部掉头向东边。
时逢三月二十一，我军到达二郎滩。
赤水战役已成功，再渡乌江之天险。
直逼重镇贵阳城，蒋军手忙脚亦乱。
匆忙调兵保贵阳，红军乘虚进云南。
随后巧渡金沙江，摆脱敌军八十万。

我军赤水战役中，采用迂回运动战。
仅在五天时间内，占桐梓夺娄山关。
重新占领遵义城，共歼敌军二十团。
毙伤俘敌五千余，大批物资被我占。
长征以来大胜利，鼓舞红军史无前。
毛泽东过娄山关，被山雄浑所感染。
称颂我军将士们，赋词述怀留鸿篇。
红军过了金沙江，部队休整很关键。
会理地区召开会，决定继续去北边。
欲会红四方面军，绕过西昌把路赶。
风雨兼程急行军，来到大渡河岸边。
蒋军为阻我会师，电令川军奔向南。
一面命令薛岳部，又令杨森设防线。
大渡河北布重兵，妄图利用河天险。
妄想红军变成为，石达开剧再重演。
赤水战役得胜利，我军乘胜勇向前。

四渡赤水

红军长征路线图，可以清晰地看见。
最复杂的路线是，贵州遵义西北边。
这段路程极艰苦，四渡赤水把敌战。
四渡赤水出奇兵，长征组歌词已含。
毛泽东亦自称为，平生得意赋内涵。
赤水为何要四渡，到底奇在哪一点。
这个问题要回答，先要知道因何原。

（一）一渡赤水

遵义会议完成后，既定目标拟实现。
红军北渡过长江，会合红军四军团。
也为摆脱四面敌，跳出敌人包围圈。
时值一九三五年，一月二十这一天。
准备渡过赤水后，进入宜宾泸州段。
二十七日这一天，行军未到土城前。
毛泽东提新建议，利用地形把敌歼。
敌情判断有失误，激战多时无终端。
战斗即将成僵局，领导又将敌情研。
撤出战斗保实力，行动迅速莫拖延。
二十九日之凌晨，一渡赤水不容缓。
奔向古蔺和叙永，想从那里渡江岸。
四川军阀系刘湘，害怕自己被推翻。

集中三十六个团，严防红军上江南。
其战斗力超预想，此渡长江很困难。

（二）二渡赤水

北渡长江难实现，回师遵义须速返。
利用敌人误判断，北渡长江之错感。
出其不意向东去，及时开展运动战。
消灭黔军王家烈，向敌弱区把敌歼。
二月二十日前后，红军到达二郎滩。
向东两次渡赤水，按着预定方案办。
五天之内取桐梓，英勇夺回娄山关。
二次占领遵义城，此仗效果最明显。
吴奇伟之两个师，王家烈之八个团。
皆被红军全歼灭，取得最大胜利战。

（三）三渡赤水、四渡赤水跳出包围圈

蒋军重新做部署，调动兵力三十万。
对我形成新包围，红军此时遇大难。
为了摆脱敌包围，只争朝夕抢时间。
三月十一这一天，撤出遵义向西边。
拟灭周浑元部队，根据地在西边建。
行进茅台附近时，进攻周部未实现。
毛泽东与军委商，建根据地暂放缓。
再次西渡过赤水，将敌引西我向南。
三月十六这一天，红军来到茅台前。
三渡赤水入川南，拟出敌人包围圈。
红军派出一个团，佯向西北长江岸。
敌误我军过长江，下命各部猛追赶。
为了调动敌重兵，红军调头向东边。
从敌间隙猛穿过，此时敌人未发现。

红军长征之二郎滩渡口——张宏喜画

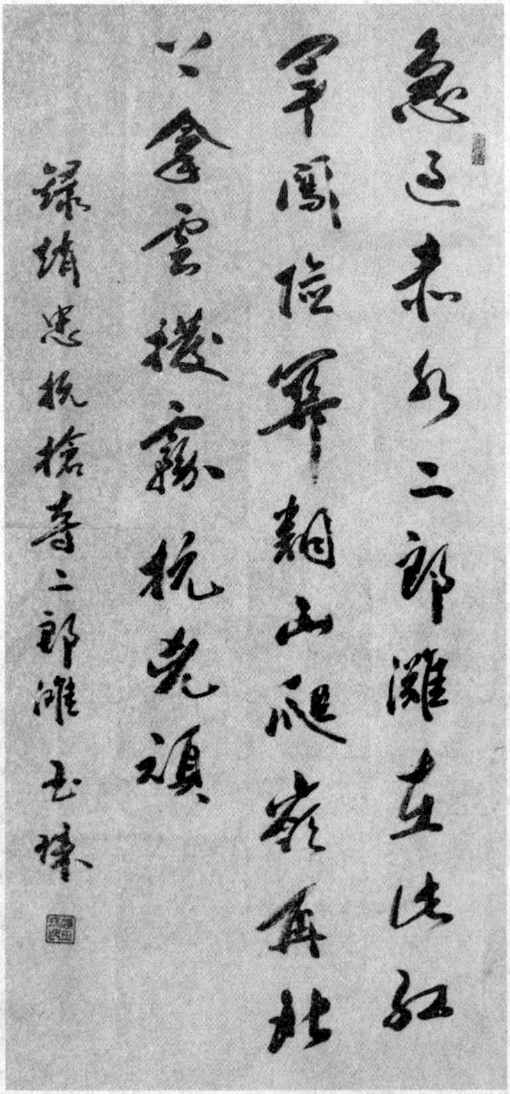

赵忠抗诗，书法家赵玉珠书

抢夺二郎滩

急过赤水二郎滩，

在此红军闯险关。

翻山爬岭再北上，

拿云拔雾抗凶顽。

二十一日晚开始，二十二日晨之间。
四渡赤水又成功，迅速过了乌江岸。
兵锋直指贵阳城，城内敌人一个团。
敌调滇军来保驾，红军乘虚进云南。
迅速到达金沙江，几个小船渡上岸。
红军战士英雄汉，把敌重兵甩后面。

（四）灵活机动运动战

红军迂回又穿插，声东击西运动战。
敌兵超我整十倍，围追堵截未实现。
伟大领袖毛泽东，指挥战术不平凡。
红军情报工作好，战士英勇又善战。
收集情报这方面，我军亦把优势占。
破译敌台密电码，此项工作较熟练。
钟夫翔他回忆说，我军侦听有特点。
配备电台好几个，覆盖面又比较全。

每台侦听敌两军，不管何时皆听见。
敌人通报用密码，通话时把明码现。
有时还用点英文，什么都说多见谈。
部队行动在何方，互相告诉不迟延。
我军可知敌动向，更知敌部在何段。
对于红军之动向，敌人经常误判断。
敌人侦察靠飞机，他在明处我在暗。
毛泽东在指挥时，游刃有余知在先。
及时准确又无误，做出英明之决断。
红军四渡赤水战，灵活机动最关键。
穿插自如之战斗，用兵之奇在此现。
虽然未建根据地，摆脱敌追得发展。
灵活用兵据敌情，避实击虚把敌歼。
虽然走了些弯路，拖得敌人更难堪。
红军四渡赤水河，战略转移得实现。

强渡大渡河

时值一九三五年，五月二十四这天。
红军通过大凉山，风雨兼程向北边。
急行军达八十里，一师一团做先遣。
首先赶到大渡河，消灭敌军两个连。
我军控制该渡口，夺取一条宝贵船。
岷江最大的支流，峭壁林立在两岸。
大渡河水流湍急，此处渡河更危险。
曾在太平天国时，石达开部到南岸。
安顺场渡遭重围，清军与其来交战。
最后全军皆覆没，数万大军无一还。
工农红军来这里，能否渡江是关键。
安顺场渡宽百米，江流水急恶浪翻。
对面守敌一个营，构筑工事很完善。

红军只有一条船，投入兵力太有限。
军情紧急无选择，任务交给红一团。
挑选勇士十七名，突击队伍已组建。
火炮机枪全集中，枪炮互相来支援。
红军总长刘伯承，同任先遣司令员。
红一军团团政委，聂荣臻临第一线。
五月二十五日晨，团长杨得志上前。
指挥强渡大渡河，红军炮火互支援。
一叶小舟载九人，红军战士真勇敢。
冒着枪林和弹雨，迎着骇浪去迎战。
红军战士排万难，小船终于靠上岸。
在我炮火掩护下，迅速又运第二船。
勇士冲进敌工事，猛烈冲杀把敌歼。
牢牢控制该渡口，急盼大军到面前。
安顺场渡水流急，红军无法把桥建。
二十五日一整天，红一团人未过完。

敌军薛岳率部下，正向大渡河岸赶。
二十六日军委定，改向西北辟新线。
争取控制泸定桥，尽快控制渡河点。
二十七日这一天，任务又交红四团。
团长王开湘上路，政委杨成武率先。
部队开始急行军，泸定桥是目标点。
天降大雨山路险，敌人袭击不间断。
急行里程一百六，二十九日到桥边。
红四团队意志坚，抢在敌军援兵前。
泸定桥在泸定县，建桥均用铁索连。
桥有一百多米长，只有二点八米宽。
碗口粗的铁索链，共用根数有十三。
桥身铁链用九根，上铺木板做桥面。
其余四根在两侧，作为扶手保安全。
就在此时此刻间，只剩光溜铁索链。
桥面木板敌拆去，河水咆哮拍两岸。

对岸就是泸定城，敌军工事已修完。
枪口直对泸定桥，形成一道封锁线。
直到下午四时许，全团战士激情燃。
军号声声催奋进，夺桥战斗已开展。
我军开火向对岸，枪炮射出密集弹。
突击队员攀铁索，一步一步向对岸。
有人中弹掉下去，我军仍然抗敌顽。
后续部队在跟进，边进边要铺木板。
为了阻挠我军进，敌人桥头烈火燃。
突击队员穿烈火，守桥敌军全被歼。
红军攻占泸定桥，摆脱敌人之追赶。
六月二日这一天，红军主力到江岸。
由此渡过大渡河，形势由危转为安。

大渡河铁索桥——张宏喜画

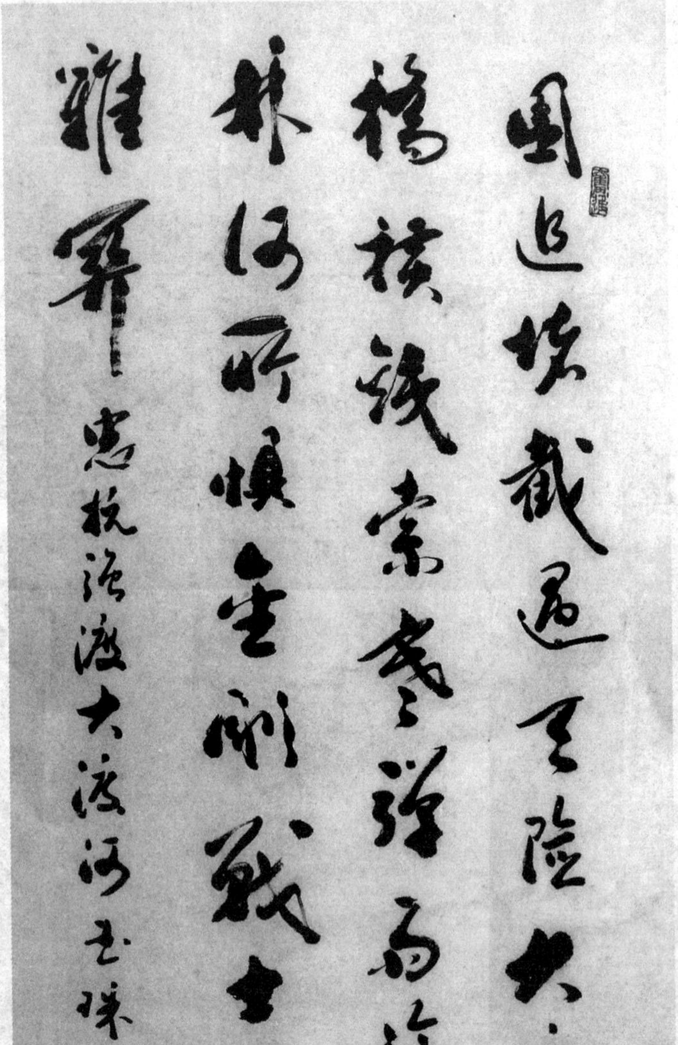

赵忠抗诗，书法家赵玉珠书

强渡大渡河

围追堵截遇天险，大渡河横铁索寒。
弹雨枪林何所惧，金刚战士过雄关。

斯诺与“大渡河十七勇士”

时值一九三五年，五月二十五这天。
十七人的突击队，强渡大渡河天险。
冒敌人密集火力，勇士冲向河对岸。
封锁线上打开口，十七勇士奇功建。
时隔大约有一年，美国记者到延安。
宋庆龄君做安排，受到毛主席接见。
长征二万五千里，主席详把过程谈。
记者埃德加·斯诺，认认真真全听完。
钦佩之余提要求，采访红军做宣传。

那是一九三六年，八月十六这一天。
斯诺头戴红星帽，身穿军装舞马鞭。
直奔红军总部地，地点宁夏同心县。
下马来到预旺堡，详细了解指战员。
得知强渡大渡河，十七勇士克天险。
伟大壮举他入迷，欲将十七勇士见。
当他看见勇士们，二十多岁皆青年。
十分惊讶做询问，笔记本上皆记满。
英雄行为他感动，勇士犹如神一般。
“英勇”过人他称赞，立即合影做留念。
他站勇士队伍里，相机摄下此瞬间。
记者斯诺很兴奋，夜间辗转难入眠。
整理采访之内容，早向世界做宣传。
记满日记十几本，用完三十个胶卷。
大捆共产党报纸，大量杂志和文件。
悄悄回到北平家，废寝忘食著鸿篇。

外联手稿带出境，国外发表系宿愿。
斯诺让其之夫人，照相馆里洗照片。
夫人提心亦吊胆，害怕国民党发现。
庆幸胶卷未丢失，冲洗效果不一般。
历史照片终保留，其后又将天日见。
《红星照耀中国》作，斯诺一年就写完。
一九三七年十月，该书英国已出版。
斯诺专门写一节，强渡大渡河之篇。
如果渡河失败了，红军可能遭全歼。
记者斯诺去世后，夫人将其遗物捐。
珍贵物品存放到，中国革命博物馆。

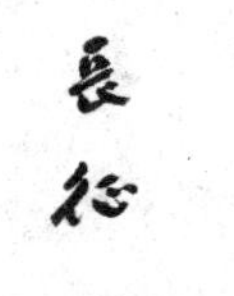

飞夺泸定桥

一九三五年五月，红军安顺过天险。
我军过河成功后，蒋军重兵来调遣。
两个旅向泸定桥，企图将我主力歼。
前后夹击布好阵，堵我大渡河以南。
若不拿下泸定桥，必陷被动之局面。
千钧一发之时刻，军委致电红四团。
尽快拿下泸定桥，保障部队过此关。

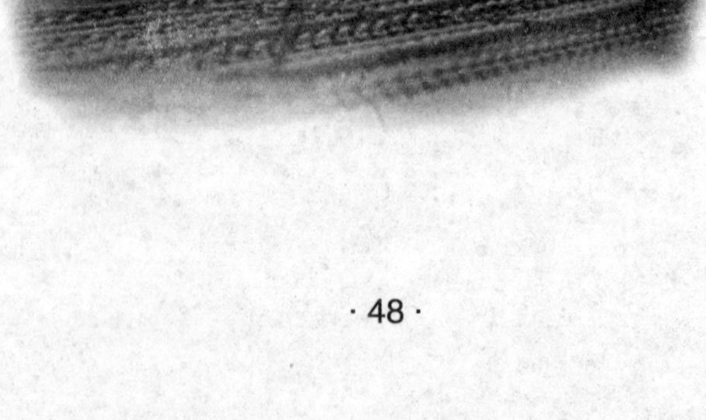

四团接到命令后，昼夜兼程把路赶。

一天一夜急行军，一百二十公里算。

就在五月二十九，到达泸定桥之边。

泸定桥跨大渡河，唯一之桥很关键。

碗粗铁链十三根，桥下水急浪涡漩。

敌在对岸筑工事，枪炮射击不间断。

红四团之第二连，即把勇士来挑选。

二十二名勇士们，夺桥突击队组建。

已到下午四时整，勇士腰缠手榴弹。

肩背马刀手持枪，冒着弹雨冲对岸。

突击队后是连长，王有才他率三连。

除了携带武器外，每人夹有一木板。

一边铺桥一边冲，冒着生命之危险。

面对爬来的勇士，敌人一时傻了眼。

正不知该咋办时，勇士爬过桥一段。

这时敌人才开枪，火力很猛碰铁链。

二十二名勇士们，毅力顽强惊人胆。
枪林弹雨中前进，越来越快如闪电。
等到接近桥头时，敌人个个已丧胆。
纷纷掉头皆逃命，屁滚尿流四处窜。
突击队员之勇士，爬过铁索起身站。
正在准备冲锋时，敌人竟把煤油燃。
稻草木板着了火，烈焰冲天一瞬间。
毫不退缩勇士们，箭步竟把火墙穿。
他们冲入泸定城，与敌人展开巷战。
携带子弹打光了，手榴弹也已扔完。

他们手持着马刀，与敌展开肉搏战。
第二梯队系三连，边铺桥板边增援。
随机马上入城内，与勇士们共作战。
经过两小时战斗，敌人大部已被歼。
红军夺下泸定桥，突击队员伤亡三。
红军首长刘伯承，当天夜里到桥边。
走上泸定桥俯视，大渡河水泛波澜。
他在桥上跺三脚，整个铁索桥震颤。
感慨万千他说道，这里应该把碑建。
二十二名勇士们，夺桥做了大贡献。
军委鼓励颁奖品，列宁服装各一件。
还有钢笔笔记本，一双筷子搪瓷碗。
这是红军队伍里，最高奖赏不平凡。

爬雪山过草地

泸定城被我军占，继续北上去陕甘。
于时一九三五年，六月八日这一天。
突破敌人之防线，过了宝兴和芦山。
翻过雪山第一座，大山名叫夹金山。
红军战士南方多，亚热地区气侯炎。
从未见过大雪山，更不用说爬亦翻。
刚见雪山心欢喜，白雪皑皑势壮观。

一片银色仰头见，天连雪啊雪连天。
可是真正爬起来，雪山不美且艰难。
夹金山之老百姓，素称此山神仙山。
他们直言对红军，登越大山唯神仙。
山上你能张开嘴，山神掐死你命完。
不可思议此座山，鸟儿飞过也困难。
活人最好别靠近，否则有去定无还。
红军偏偏不信邪，与命抗争怀赤胆。
红军战士士气高，来到夹金山跟前。
千年积雪覆山顶，山下看去并不远。
意识不到爬多高，开始藐视大雪山。
经过数月急行军，粮食不足进食难。
人困马乏力不足，筋疲力尽已初显。
起初爬山还顺利，冰雪交加很突然。
越走脚下越没路，白雪刺人难睁眼。
人们冰上来滑行，摔倒爬起无数遍。

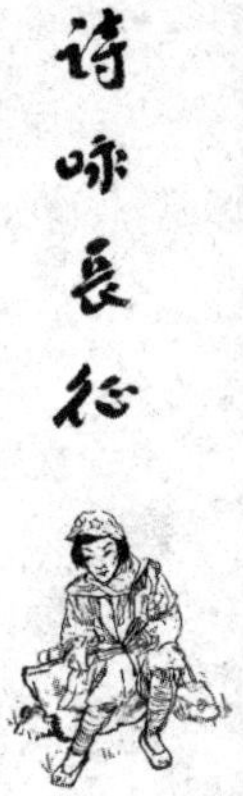

浑身无力腿发软，有人抱雪永长眠。
六月十二这一天，中央红军派先遣。
终于翻过几座山，与红四军把手联。
胜利会师增实力，两大主力十余万。
此时此刻张国焘，种种借口把时延。
拒绝北上搞宗派，要求改组他发难。
直接要挟党中央，仰仗人多暗盘算。
维护红军大团结，争取张国焘收敛。
七月十八这一天，中央通知发文件。
及时任命张国焘，担任总政治委员。
随后红军再调整，序列重新又编整。
八月三日这一天，红军总部定方案。
夏兆计划已出台，左右红军即出现。
红军总司令朱德，左路军任他承担。
总政委员张国焘，右路军责他来兼。
右路前敌总指挥，陈昌浩和徐向前。

经过班佑再北上，中央军委在其间。
时至八月二十日，中共中央开会研。
地点就在毛儿盖，错误主张来清算。
批评政委张国焘，决定主力向陕甘。
先进洮河之流域，然后再将此地占。
右路军进毛儿盖，茫茫一片大草原。
这是人类历史上，生命极限大挑战。
美国革命之作家，史沫特莱曾撰言。
在《伟大的道路》中，此处场景曾勾画。
康藏交界高地上，一望无垠百里夹。
无路只有沼泽地，极目四顾草如麻。

野草下面浑水深，几百年来无变化。
大树小树皆没有，从未听到鸟声喳。
一块石头找不到，野草满地不见花。
夏日任凭风雨狂，冬天大雪覆地下。
天空永远乌云布，犹如地狱无人家。
红军走出草地时，人身犹如骨头架。
上万人虽咳喘难，照样英勇战军阀。
人类史上无先例，无与伦比世人夸。
到达班佑巴西区，又遇守军胡宗南。
独立旅之第二团，凭借林密与山险。
筑以集群式碉堡，构成一道防御线。
卡住红军北上路，阻止红军去甘南。
四十九师接急令，赶到包座来支援。
上下包座至阿西，堵截红军连成线。
消灭包座之敌人，开辟道路任在肩。
徐向前此提建议，四方面军任务担。

全歼包座及援兵，战法围点又打援。
二十九日天黄昏，部队发起总决战。
战斗时经一整夜，红军扫除外围点。
残敌退入大戒寺，后山碉堡负隅顽。
为了诱敌之援兵，红军只围暂不歼。
直到三十日深夜，援敌部队将临前。
四十九师先头兵，番号系二九一团。
进抵大戒寺以南，诱敌深入计施展。
红军派第三十军，实操交二六四团。
略作阻击后撤退，敌人全进包围圈。
我军发起总攻击，时值下午整三点。

隐蔽红军一齐上，将敌割成三大片。
首尾不能相顾及，任我宰割下场惨。
红军刚刚出草原，英勇杀敌劲冲天。
经过七八个小时，四十九师被全歼。
敌军师长伍诚仁，伤后跳河命归天。
固守大戒寺之敌，后山高地三百员。
大势已去全缴械，战斗胜利皆圆满。
红军一四方面军，会师之后胜仗连。
甘南方向路打通，敌人阴谋全破产。

岷山飞雪——张宏喜画

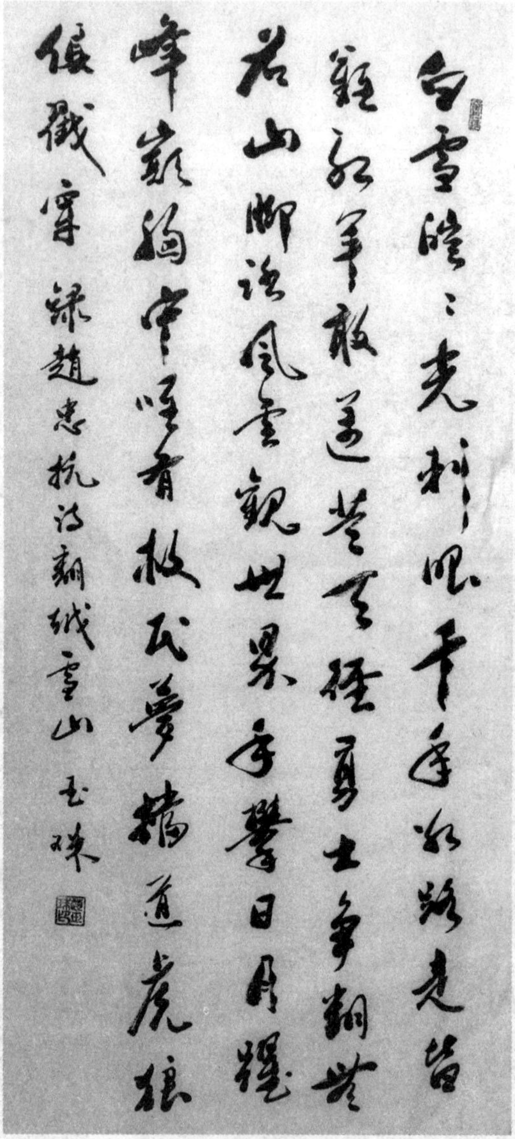

赵忠抗诗，书法家赵玉珠书

翻越雪山（新韵）

白雪皑皑光刺眼，千年冰路走皆难。
红军敢迈登天径，勇士争翻无名山。
脚踏风云观世界，手擎日月越峰巅。
胸中唯有救民梦，挡道虎狼俱戳穿。

戴润生忆长征三险

第一险是金沙畔，三只小船渡险难。
我所在的干部团，红军先锋总在前。
占领皎平渡口后，没桥仅有一只船。
红军部队此被阻，急得我们团团转。
听说附近一渡口，渡江还有两只船。
我带七连战士找，一连爬过几座山。
终于看到一小镇，住了百人保安团。

我们伪装成白军，走进镇子大声喊。
把枪架起快集合，赶快欢迎咱长官。
信以为真保安团，紧急集合动作欢。
敌人缴枪当俘虏，我们顺利找到船。
红军巧渡金沙江，继续北上再向前。
第二险是大雪山，天气恶劣刺骨寒。
爬山之前为身暖，姜汤辣椒水一碗。
爬山刚到半山腰，许多同志气直喘。
行进快到山顶时，突遇大风夹雪片。
夹杂鸡蛋大冰雹，体弱战士支撑难。
一名战士倒地上，许多战士将他搀。
艰难挪步再不动，永远留在大雪山。
忍痛告别了战友，毅力顽强翻雪山。
终于走到山脚下，见到红四之军团。
众战友们都激动，热泪欢呼惊动天。
第三险是过草地，红军战士意志坚。

带上粮食和干柴，还有木棍脸盆碗。
这些东西作用大，干柴生火可做饭。
干柴垫在草地上，草上休息似床垫。
脸盆可洗脸和脚，也可烧水来做饭。
木棍作用系最大，走路支身很关键。
过河之时探水深，可挂行李做挑担。
宿营时候支帐篷，它和战士来做伴。
红军战士很风趣，“第三条腿”美名冠。
我们走进草地后，到处沼泽和泥潭。
互搀互扶过草地，一连行进四五天。
几个同志牺牲了，痛别战友再往前。
野菜草根填肚皮，终于走出大草原。

过草地中三大险

革命理想高于天，红军不怕远征难。
众志成城过草地，克服草原三大险。

第一险　饿

一望无际大草原，杂草沼泽无人烟。
粮食是其生命线，无粮设法过难关。
野菜野草和皮带，皮带嚼碎肚里咽。
一种方法煮着吃，用刀切成一片片。
首先一定要煮软，小心刮去上层面。
里面牛皮方可吃，战士围好坐一团。
一条皮要用力咬，互相礼让不争先。
二种方法烤着吃，烤到变色又变软。

撕成小块慢慢嚼，嚼一天才舍得咽。
先煮后烤方法三，放入开水要泡软。
再埋火堆里面烤，一口一口互让谦。
先烤后煮方法四，烤后黑灰全刮完。
再将皮带锅里煮，煮软切丝野菜拌。
皮带野菜和草根，皆把战士肚子填。
洼地找到牛骨架，还有几片牛肉粘。
搬回营地来分配，红军战士皆心欢。
肉都分给妇与娃，骨架分给兄弟班。
已经走了好几天，草地还是望无边。
红军战士戴天福，疟疾复发临终前。
一物要交毛主席，小块马肉他捐献。
他说自己无挂牵，希望革命快实现。

第二险　泥潭

厚厚草垫“魔毯”下，吞人陷阱常遇见。
总结自救之要领，冷静卧倒慢慢翻。
三过草地泥沼多，身体掉入人危险。
沼泽深过肚脐眼，自救无望命必完。
晚上一人不敢睡，二三个人凑一团。
睡觉必须背靠背，增大面积避下陷。
小心翼翼慢行走，一只脚绝不能站。
大家踩着草根走，脚下一片软绵绵。
一脚拔起必担心，受力过大就下陷。
最怕一人陷下去，别人去救去无返。
每当战友陷下去，嘶吼声音传后边。
大家千万别管我，心情堪比死还难。
前面队友无经验，一脚下去直下陷。

后来大家学聪明，就像青蛙跳埂田。
这草堆跳那草堆，只可两次不可三。
于是专门下命令，两人跳到堆上面。
茫茫草地天多变，有时天昏地又暗。
有时雷鸣电光闪，有时大雨瓢泼灌。
红军战士手拉手，一人陷下有人援。
援助之人又下去，有的胳膊互相挽。
死者背上有战友，擦干眼泪再向前。

第三险　毒

只见一位负责人，拔野菜者锅旁瘫。
他见我们都跑来，挣扎摇手小声喊。
他叫大家不要吃，说完开始翻白眼。
司务长已开始骂，轮流试吃规在前。
为何你偏不听话，他的回答很强勉。

伙食安排是我责，没有吃的我犯难。
不让大家吃毒菜，就想大家都保全。
这位老兵牺牲了，舍己为人永怀念。
野菜野草多有毒，最毒是气更不安。
烂沼瘴气到处有，夺命无形命如烟。
红军瞿道文记得，清晨起床又一天。
一顶帐篷没动静，几位战友进去看。
里面战友无声气，大家犹如深睡般。
草地有毒首在水，半条腿泡水里边。
腿肿腐烂起脓包，颜色犹如黄水般。
每人准备一块布，小心翼翼把脚缠。
等到走出大草地，布被毒水全泅烂。
每踩一脚有黑水，脚上有伤就腐烂。
草地次毒在于草，毒草吃下命难全。
团部一名卫生员，惊心动魄他亲见。
部队下面一个排，大家几天没吃饭。

突然碰到一片草，大片叶子形好看。
战士摘下来猛吃，囫囵吞枣往下咽。
猛跑一阵都倒下，从此再未往起站。
为了以身试毒草，战士奋勇又争先。
轮流试吃又说好，赵本清说他试验。
司务长来烧菜处，一看我们傻了眼。
没有一个人答应，停止呼吸面朝天。
红军孟克则记得，他们进入草地前。
看见战友脸发胖，不知内情疑一番。
谁知再到营地时，发胖之人皆不见。
红军夏精才亲见，三十新兵把军参。
最后只剩两个人，老夏本人在其间。
连长介绍他入党，问他情愿不情愿。
夏说为何要问我，入党理想很多年。
能从草地走出来，经受生死之考验。
金子里面挑金子，我党需要英雄汉。

连长感慨几句话，老夏至今响耳边。
横跨草地大奇迹，承受生命之极限。
极端困苦难想象，高昂激情永向前。
团结互助情高尚，坚忍不拔意志坚。
乐观进取为革命，执着追求靠理念。
鲜血生命何所惧，团结奋斗亘古原。
人定胜天凯歌奏，视死如归破万险。
红军胜利过草地，正如伟人当年言。
自从盘古开天地，三皇五帝至今天。
试问历史何曾有，我们长征谁比肩。

红军长征过草地——张宏喜画

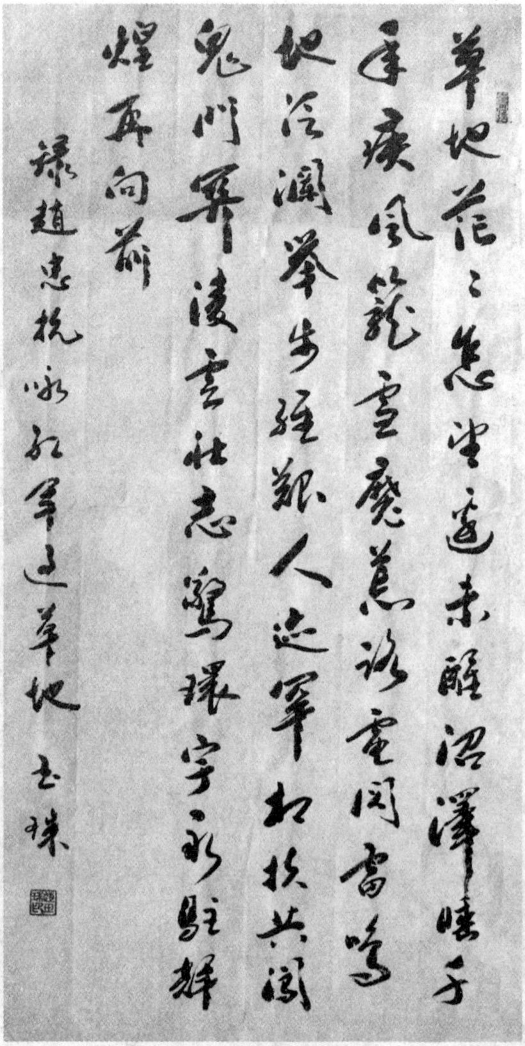

赵忠抗诗，书法家赵玉珠书

咏红军过草地

草地茫茫怎望边，未醒沼泽睡千年。
疾风笼雪魔荒路，电闪雷鸣地泛澜。
举步维艰人迹罕，相扶共闯鬼门关。
凌云壮志惊环宇，永驻辉煌再向前。

红军会师

红军一四方面军，胜利会师得实现。
实力大增兵马壮，制定战略和路线。
四方面军八万余，一方面军人三万。
张国焘掌兵力多，野心膨胀人傲慢。
继两河口会议后，红军总政委在肩。
口头同意要北上，暗中酝酿下四川。
八月之初某一天，夏兆战役出方案。

红军分为左右路，右路毛周直接管。
时值八月二十一，红军开始过草原。
直到八月二十七，走出草原用七天。
等待右路军会合，张国焘本不情愿。
坚持右路军南下，背着中央发令电。
企图分裂党中央，阴谋诡计再盘算。
北上方针中央定，贯彻执行莫迟延。
为防内部起冲突，先行北上应果断。
红军一三方面军，军委纵队在其间。
决定连夜向北去，态度坚决不迟缓。
四方面军有些人，不明真相欲武拦。
总指挥系徐向前，坚决制止意志坚。
维护红军之团结，长征路上做贡献。
九月十二这一天，红军到达俄边界。
政治局开扩大会，张国焘错来批判。
决定红一方面军，先行北上把路赶。

此时蒋军调兵力，集中一百三十团。
湘鄂川黔根据地，敌人围剿又一番。
红二六两方面军，兵力一万零七千。
开始转移向湘黔，摆脱敌人之围歼。
进军我国大西北，时值一九三五年。
九月十三这一天，红一和红三军团。
俄界罗达始出发，军委纵队在其间。
继续北上再长征，风雪交加正严寒。
沿着白龙江源头，穿梭林海山道险。
长途跋涉不畏惧，历经艰险到甘南。
甘南敌首鲁大昌，第十四师他统管。
还有王均第三军，第十二师几个团。
红一方面军主力，乘虚急速再向前。
九月十六击溃敌，第十四师一个团。
逼近天险腊子口，经此方可到岷县。
隘口宽度三十米，悬崖峭壁在两边。

腊子沟间水流急，河上一座木桥建。
如需进入腊子口，唯经此桥方实现。
鲁大昌兵两个营，碉堡筑在桥头边。
山口往里到岷县，纵深布敌三个团。
此处敌人不消灭，红军无法再向前。
红军领袖毛泽东，亲自视察定方案。
攻打天险腊子口，任务交给红四团。
四团一部腊子口，战斗打响在当晚。
由于地形太复杂，几次攻击未克坚。
方案及时做调整，杨成武即临前线。
兵力动用一个连，与敌进行消耗战。
乘机夺取这座桥，争分夺秒抢时间。
四团团长王开湘，亲自率领两个连。
沿着右岸峭壁间，迂回到敌身后面。
夺桥战斗很激烈，难靠敌人封锁线。
正面攻击系六连，始终不能到桥边。

担任迂回一二连，历尽艰辛排万难。
一名苗族战士带，峭壁攀藤到后山。
对敌发起总攻击，犹如天降神兵般。
措手不及敌人乱，我军夹击前后面。
敌人狼狈再逃窜，我军乘胜又追赶。
穷追里程九十余，大获全胜把敌歼。
打开通道腊子口，缴获盐粮数十万。
刚出草地之红军，无价之宝手中揽。

继续北上

红军突破腊子口，进入甘南是关键。
聂荣臻曾议论说，多亏腊子口一战。
毛主席曾著诗词，《七律·长征》于世传。
红军不怕远征难，万水千山只等闲。
五岭逶迤腾细浪，乌蒙磅礴走泥丸。
金沙水拍云崖暖，大渡桥横铁索寒。
更喜岷山千里雪，三军过后尽开颜。
红一军过腊子口，继续北上到甘南。
时值一九三五年，十月十九这一天。
红军到达吴起镇，政治局会很关键。
宣布红军进陕北，长征结束胜凯旋。
蒋介石却心不甘，本人亲自到西安。
成立剿共司令部，指挥国军来作战。

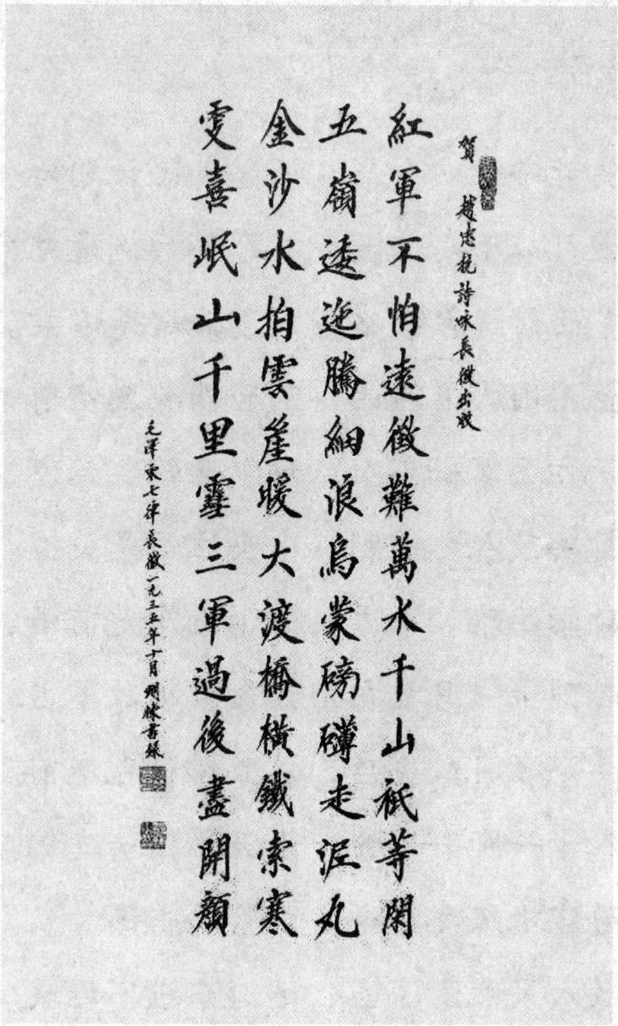

录毛主席诗《七律·长征》，书法家明栋书

七律·长征

红军不怕远征难，万水千山只等闲。
五岭逶迤腾细浪，乌蒙磅礴走泥丸。
金沙水拍云崖暖，大渡桥横铁索寒。
更喜岷山千里雪，三军过后尽开颜。

陕甘宁青四个省，调整部署计划研。
十月二十八这天，五个师兵调遣完。
东西对进系战略，南进北堵是方案。
企图围我洛河西，形势严峻属空前。
一方面军一万人，敌军两路共三万。
打破敌人之围剿，中央立足是关键。
敌军西路始东进，五十七军是前沿。
时到十一月之初，太白镇被敌军占。
半个多月过去后，该敌徘徊也不前。
八十一师一部分，十五军团一支编。
遵守上级之命令，加紧攻击围甘泉。
敌人果然上了当，迅速东进不迟缓。
到十一月二十日，敌军飞机做护掩。
一〇九师分三路，沿葫芦河南北山。
下午进了直罗镇，大摇大摆无阻拦。
我军抓敌之冒进，决心要把敌人歼。

我军包围直罗镇，红一军团北向南。
十五军团南向北，对敌攻击很突然。
枪炮声响彻山谷，敌军四处乱逃窜。
但在红军包围下，左突右冲难保全。
战至中午十二时，敌人大部已被歼。
敌军师长牛元峰，带领残兵五百员。
逃入一个土寨内，凭借高地守待援。
镇东寨墙很坚固，山势陡峭似天险。
我军屡次攻未果，围而不攻是高见。
集中红军之主力，准备痛打敌外援。
二十二日正上午，西路敌军到镇前。
二十三日这一天，东路敌军被我拦。
此时敌军无信心，企图解围已破产。
我军立即分三路，将敌追到张家湾。
追击未到羊角台，歼灭敌军一个团。
余部退入太白镇，我军乘胜把敌赶。

突围寨中敌残部，待援无望欲逃窜。
二十三日午夜后，分路突围我发现。
跟踪追击显神速，敌军残部全被歼。
敌军师长牛元峰，一命呜呼命完蛋。
直罗镇上这一仗，灭敌一师又一团。
敌人大军均撤退，粉碎蒋军围剿战。
一九三六年十月，红军会师得实现。
甘肃会宁迎三军，红军主力大团圆。
红军不怕远征难，行路二万又五千。
实现北上大转移，抗日救国把基奠。
中国革命历史上，伟大壮举世人赞。

抢渡金沙江

时值一九三五年，五月三日这一晚。
总长刘伯承指挥，中央先遣干部团。
占领金沙江南岸，皎平渡口被我占。
缴获江上两条船，偷渡成功把敌歼。
巩固渡口扩战果，击溃川军两个团。
红一红三两军团，龙街洪门分别占。
兵多船少难过江，留下红军十三团。

主力部队去皎平，在此渡江改路线。
六日追兵抵团街，一个整师在追赶。
红五军团做抵抗，保障主力渡江岸。
九日渡过金沙江，红九军团绕两边。
强渡金沙这一战，击溃敌军两个团。
俘虏敌军六千余，摆脱蒋军数十万。
为了抢渡金沙江，威逼昆明此战前。
迫使敌人调回兵，为了渡江创条件。
我军急行百公里，快速赶到金沙边。
渡江成功控渡口，为大部队创条件。
广阔战场机动战，主动打击敌数万。
战略转移意义大，渡江北上得实现。
英明领袖毛泽东，高超战术之体现。
红军以少胜重敌，转危为安好典范。

巧渡金沙江

一九三五年五月，红军长征之关键。
全部渡过金沙江，跳出重敌包围圈。
取得决定性胜利，战略转移得实现。
巧渡金沙江之“巧”，今天回过头来看。

（一）调虎离山袭金沙

红军四渡赤水后，兵锋直指贵阳边。
城内督战蒋介石，吓了一跳心打颤。

因他身边太空虚，只有一个正规团。
慌忙令滇主力军，紧急出动来支援。
云南境内兵空虚，此时战机又出现。
红军立刻向西进，长驱直入奔云南。
每天行程一百二，由贵州西进军滇。
先头部队前伸到，距离昆明三十里。
此间有段小插曲，薛岳驻守在云南。
因无云南军地图，拟请龙云送上前。
龙云拟派飞机送，由于机师病突然。
只好改用汽车送，行至曲靖遇麻烦。
正好遇上我红军，人车皆被我截拦。
军用地图二十份，红军截获全包揽。
为我渡过金沙江，提供有利之条件。
滇西北无滇军守，中央红军已发现。
昆明附近虚晃后，既按预定战略办。
迅速奔向金沙江，渡江北上向西川。
会师红军四军团，路线方针皆不变。

金沙江畔——张宏喜画

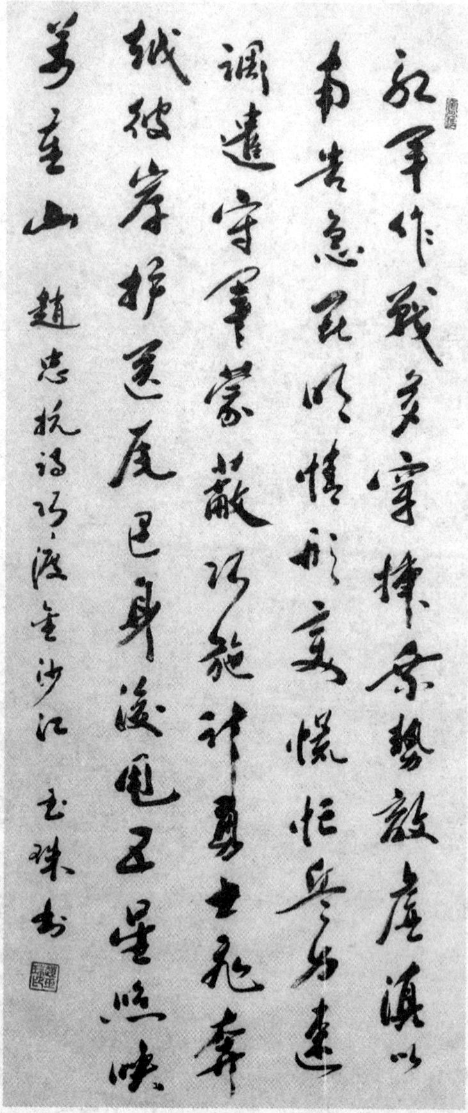

赵忠抗诗，书法家赵玉珠书

巧渡金沙江（新韵）

红军作战多穿插，乘势敌虚滇以南。
告急昆明情形变，慌忙兵力速调遣。
守军蒙蔽巧施计，勇士飞奔越彼岸。
护送尾巴身后甩，五星照映万重山。

（二）智夺皎平渡口

长江上游金沙江，海拔五千到六千。
位于昆仑山南麓，横断东麓奔向前。
川滇边界深峡谷，犹如一条巨蟒穿。
英明领袖毛泽东，兵分三路把路赶。
每日行军一百里，飞奔三个渡口间。
龙街皎平和洪门，务必抢在敌来前。
拿下渡口缴获船，以保渡江之安全。
干部团到皎平渡，获得两只小木船。
这一着棋很关键，为渡江把基础奠。
红一军团第四团，目标直驱金沙畔。
我军化装扮敌军，动用兵力三个连。
禄劝武定和元谋，三县政军迎上前。
县长军警和官绅，“热烈欢迎”不怠慢。
这天一枪都未发，三个县城被我占。

龙街渡口被我控，准备渡江遇困难。
江宽水急无法渡，这可急坏红四团。
转而奔向皎平渡，少量留下浮桥建。
造成龙街口渡江，以此假象把敌骗。
敌人主力被吸引，我军行动快如箭。
此时红军三军团，洪门渡口亦抢占。
船少水急无桥梁，渡江留下一个团。
主力部队即转向，皎平过江破天险。

（三）七条船七天渡完两万人

皎平江宽水浪急，无法来把浮桥建。
开始渡江第一天，只有两只小木船。
随后寻觅到五只，有大有小已破烂。
大船可渡三十人，小船只载十一员。
船底进入水不停，每次回来处理干。
两岸悬崖峭壁边，红军部队行李担。

人马拥挤要渡江，一不小心船会翻。
当时只有船七只，要运红军人两万。
中国革命之前途，当时紧系七条船。
中央政治局委员，陈云组织纪律严。
部队来到江边前，渡江纪律悉在先。
到了江边要停止，绝对不能靠近船。
依船能渡多少人，预先指定哪只船。
每只船有司令员，统一服从他调遣。
小船不能载骡马，人坐船尾将它牵。
汉彝纳西各民族，船工摆渡苦在前。
红军精神鼓舞下，夜以继日渡往返。
七条破船七天内，载运部队人两万。
陈云称之战史上，趣事一件史无前。
高度赞扬我红军，无与伦比纪律严。

（四）苦战阻追兵

中央红军长征中，作战开路又斩关。
事件似乎集中在，红军一三两军团。
殿后部队五军团，侧翼掩护九军团。
其实同样都光荣，伟大功绩皆可赞。
红五军团阻击战，掩护主力任务艰。
随时可能失联系，亦冒覆没之危险。
第五军团参谋长，陈伯钧善做后殿。
被戏称为“铁屁股”，全军上下将他赞。
就在抢渡金沙时，接到命令五军团。
石板河阻敌追兵，掩护主力渡江岸。
在险山和恶林中，阻敌三夜又三天。
死死拦住重敌军，确保主力之安全。
主力部队渡江后，红五军团交替掩。
摆脱敌人之追赶，安全渡过金沙滩。

长征简述

敌军重兵一百万，对我开展围剿战。
并集精兵五十万，攻击苏区系重点。
“左倾”错误领导下，王明路线系冒险。
第五次之反围剿，中央苏区遭沦陷。
被迫长征无选择，与敌开展游击战。
爬雪山与过草地，迂回与敌来周旋。
围追堵截敌疯狂，我军处境极危险。
饥寒交迫疾病侵，天寒地冻经考验。

渡过二十四条河，翻越五座大雪山。
四渡赤水出奇兵，智慧巧夺娄山关。
红军强渡大渡河，草地沼泽苦越穿。
粉碎敌人之围歼，顺利会师到陕甘。
创造中国革命史，名震世界留史篇。

红军长征之娄山关——张宏喜画

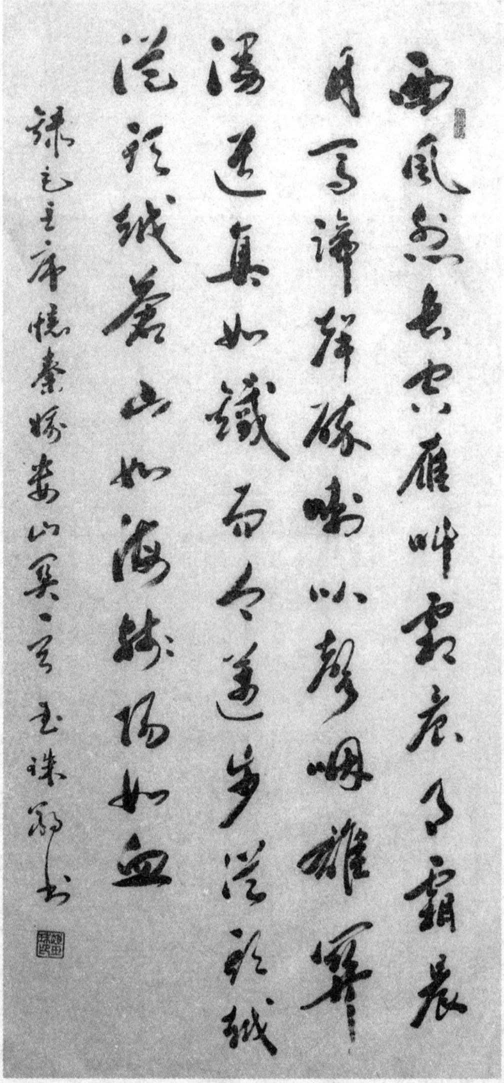

录毛主席《忆秦娥·娄山关》词，书法家赵玉珠书

忆秦娥·娄山关

西风烈，长空雁叫霜晨月。

霜晨月，马蹄声碎，喇叭声咽。

雄关漫道真如铁，而今迈步从头越。

从头越，苍山如海，残阳如血。

长征十大事件

（一）湘江之战

蒋介石借湘江险，设下四道封锁线。
总数二十五个师，人数超过三十万。
在桂北之两岭间，中间便是湘江岸。
两岸布下绝杀阵，等待红军到阵前。
时值一九三四年，冬月二十七这天。
红军部队先遣队，突破湘江首防线。
时至十二月一日，红军五个昼夜战。
终于渡过湘江界，粉碎蒋军之围歼。
红五军团卅四师，三军团之十八团。
掩护红军主力军，去路被敌已阻断。
官兵大部已阵亡，红军损失最为惨。

八万六千人长征，此战锐减剩三万。

（二）遵义会议

红军湘江战役后，保存实力是关键。
毛泽东和王稼祥，还有领导张闻天。
终于放弃原计划，二六军团会暂缓。
转向敌人薄弱区，前进即往贵州赶。
一九三五年一月，十五之后整三天。
在原黔军师长处，公馆二楼开会研。
政治局之扩大会，四项决定立即颁。
三人军事指挥组，毛泽东挂第一衔。
周恩来和王稼祥，系其小组之成员。
军事行动要统一，领导核心得体现。
确立毛泽东地位，中国革命大事件。

遵义晨曦——张宏喜画

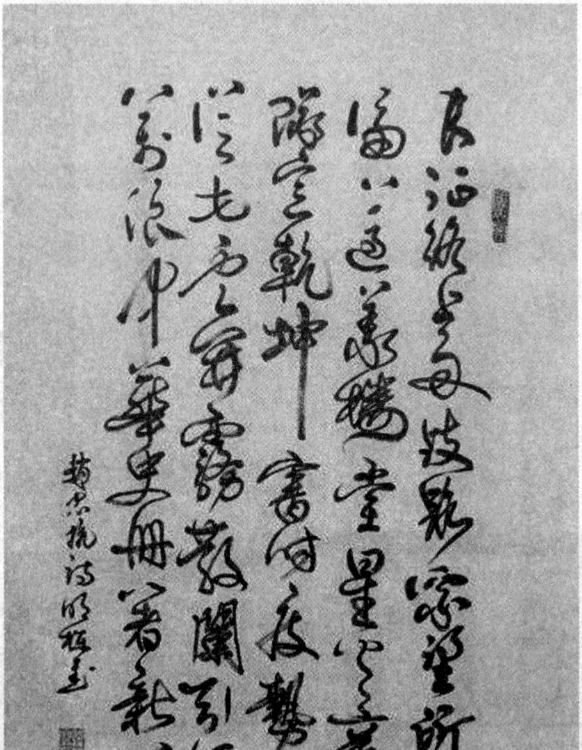

赵忠抗诗，书法家明栋书

赞遵义会议

长征路上多歧路，众望所归须纠偏。
遵义楼堂星点亮，润之军队定坤乾。
审时度势东风荡，从此云开雾散阑。
引领航船破万浪，中华史册著新篇。

（三）四渡赤水

三万人比四十万，敌我对比力量悬。
红军重重困难中，精彩一幕红军演。
一渡赤水势北渡，不渡长江却回黔。
二渡赤水实向东，利用敌人错误判。
五天之内取桐梓，重占遵义夺娄山。
三渡赤水入川南，敌调重兵扑向川。
敌大部队未赶到，红军从敌间隙穿。
四渡赤水渡乌江，兵锋直指贵阳间。
蒋介石他坐贵阳，急调滇军快入黔。
红军出奇敌仓皇，几经转战入云南。
四渡赤水一百天，与敌奋战多周旋。
出神入化毛泽东，用兵如神史记传。

（四）巧渡金沙江

时值一九三五年，四月六日这一天。
中央红军逼贵阳，蒋调滇军急入黔。
云南孙渡之纵队，救驾已到贵阳前。
红军反向做穿插，乘虚进军至云南。
昆明告急形势变，蒋介石又亲调遣。
从金沙江调敌军，防线撤回三个团。
滇西北之金沙江，几乎不再设防线。
四月二十九这天，红军虚晃而无战。
绕过昆明兵三路，急行直扑金沙畔。
五月三日这一天，红军夺取皎平岸。
找到七条小木船，各族群众竞相援。
当地三十六船工，顺利渡过金沙险。
摆脱敌军数十万，冲出敌人包围圈。

（五）强渡大渡河（飞夺泸定桥）

时值一九三五年，五月正是春暖天。
红军两次再上演，最为精彩经典战。
先是强渡大渡河，后夺泸定桥亦含。
五月二十四日夜，红军先遣一个团。
突然来到大渡河，安顺渡口被我占。
夺取一条小木船，此时营长孙继先。
率领勇士十七员，成功强渡奇迹显。
水急船小江难渡，安顺场北开新点。
三百二十里路外，夺取泸定是首选。
红二师之第四团，二十九日刚六点。
及时赶到泸定桥，看到泸定无桥面。
剩下十三根铁索，敌人破坏已在先。
下午四时连长到，突击队员新组建。

连长廖大珠指挥，二十二人冲上前。
踩着摇晃铁索链，勇往直前冲对岸。
一个队员倒下去，后继队员勇向前。
时至下午十九时，红四团将敌打散。
一举占领泸定城，红军顺利过天险。

（六）突破腊子口

红军长征多困难，又遇腊子口天险。
周围群山皆耸立，峡道仅有八米宽。
峡口涌出腊子河，只有一座木桥建。
敌人纵深有部署，山后敌人三个团。
时值一九三五年，九月十六这一天。
红军先锋红四团，发起冲锋向天险。
由于峡口面太窄，兵力展开确实难。
下午开攻到半夜，连续冲锋死伤惨。

天险腊子口——张宏喜画

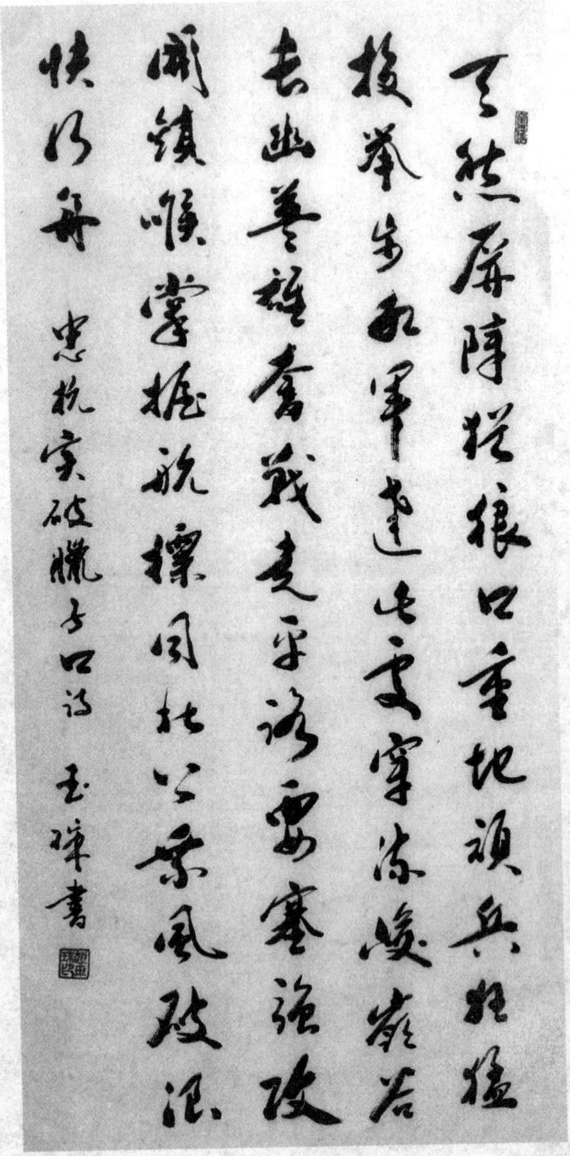

赵忠抗诗，书法家赵玉珠书

突破腊子口（新韵）

天然屏障犹狼口，重地顽兵狂猛投。
举步红军达此处，穿流峻岭谷长幽。
英雄奋战走平路，要塞强攻开锁喉。
掌握航标同北上，乘风破浪快行舟。

一人外号“云贵川”，苗族战士他自荐。
攀上绝壁他第一，带领突击队人员。
悄悄绕到敌背后，首先占领制高点。
拂晓战斗进行完，敌人四处已逃窜。
红旗插上腊子口，北上通道我军占。

（七）直罗镇大捷

时值一九三五年，十月十九这一天。
中央红军到陕北，吴起镇里脚跟站。
蒋介石又急调兵，兵力超我三倍半。
中央陕北两大军，亦含二十五军团。
蒋介石他心狂妄，企图将我全部歼。
党中央和毛泽东，分析形势做决断。
陕北富县城西北，沿四十五公里线。
直罗镇布口袋阵，抓住时机把敌歼。

十一月又二十日，蒋军东北军在先。
一〇九师飞机掩，进入直罗镇里边。
一〇六和一一一，两师进罗西北面。
二十一日天拂晓，战斗打响已开战。
自北西北东北方，我军布有一军团。
自南西南东南方，十五军团任务担。
同时出发猛攻击，直到二十四午间。
红军歼敌一个师，又灭敌人一个团。
击毙师长牛元峰，西北苏区大保全。

（八）血战独树镇

时值一九三四年，冬月二十六这天。
红军远征十天后，人员规模近三千。
二十五军在河南，方城独树镇发现。
蒋军步兵和骑兵，人数规模超四千。

突然向我猛攻击，我军紧急来迎战。
风雪交加即当时，天寒使行动受限。
红军战士衣单薄，手脚冻僵被动显。
多数战士枪未响，兹因寒冷冻枪栓。
危急时刻显身手，军政委员系吴焕。
手持大刀入敌阵，与敌开展殊死战。
徐海东任副军长，带领梯队冲在前。
击退强敌出重围，二十五军又转战。

（九）激战嘉陵江

一九三五年伊始，为向川甘界发展。
红军第四方面军，配合云贵川前线。
毅然决然发起了，强渡嘉陵江之战。
三月二十八日晚，三十军把重任担。
塔山湾系主渡口，地点四川苍溪县。

撕开军阀西防守，主力直插江西岸。
二十四天渡江战，红四军团扩地盘。
东起嘉陵江南岸，南起梓潼西北川。
北抵川甘边界线，纵横二三百里宽。
歼灭敌军一万人，革命根据地发展。

（十）转移乌蒙山

时值一九三五年，冬月十九这一天。
红军二六两军团，人数一万零七千。
湖南桑植刘家坪，开始长征出发点。
一九三六年二月，二六两军安顺转。
敌人前方布重兵，我军改向乌蒙山。
三月二至二十九，两军团到威宁县。
镇雄昭通和彝良，行进千里迂回战。
敌兵多我有十倍，我军英勇抗敌顽。

以则河与得章坝，多次战斗把敌歼。
红军二六两军团，迅速移师到云南。
四月渡过金沙江，继续北上勇向前。

中国工农红军布告

中国工农红军，解放弱小民族；
一切彝汉平民，都是兄弟骨肉。
可恨四川军阀，压迫彝人太毒；
苛捐杂税重重，又复妄加杀戮。
红军万里长征，所向势如破竹；
今已来到川西，尊重彝人风俗。
军纪十分严明，不动一丝一粟；
粮食公平购买，价钱交付十足。
凡我彝人群众，切莫怀疑畏缩。
赶快团结起来，共把军阀驱逐。
设立彝人政府，彝族管理彝族。
真正平等自由，再不受人欺辱。
希望努力宣传，将此广播西蜀。

注：此公告选自中国共产党新闻《征途漫漫任驰骋——记长征中的刘伯承》一文。这张布告鲜明生动，深入浅出地宣传了党的民族政策，深得彝族人民的拥护，在彝族人民中产生了广泛的影响，对于红军顺利通过彝族地区起了巨大作用。

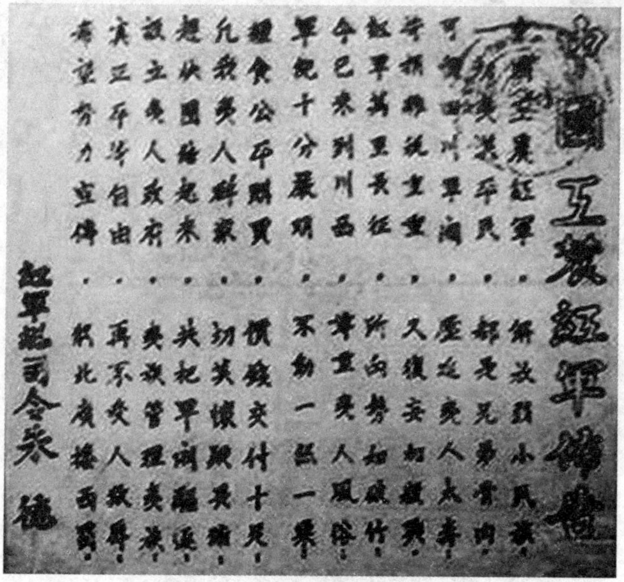

中國工農紅軍佈告

中國工農紅軍，解放弱小民族；
一切夷漢平民，都是兄弟骨肉。
可恨四川軍閥，壓迫夷人太毒；
苛捐雜稅重重，又復妄加殺戮。
紅軍萬里長征，所向勢如破竹；
今已來到川西，尊重夷人風俗。
軍紀十分嚴明，不動一絲一粟；
糧食公平買賣，價錢交付十足。
凡我夷人群衆，切莫懷疑驚恐；
趕快團結起來，共把軍閥驅逐。
設立夷人政府，夷族管理夷族；
真正平等自由，再不受人欺辱。
希望努力宣傳，紙北廣播西藏。

紅軍總司令朱德

红军途中击敌机

（一）首开记录

时值一九三四年，九月七日这一天。
红六军团前卫队，到达广西资源县。
一架敌机在侦察，行军纵队敌发现。
突然俯冲来开火，红军伤亡十余员。
红军广大指战员，怒视空中“王八蛋”。
敌机盘旋在转弯，再次俯冲扔炸弹。

组织步枪机关枪，任务交给前卫连。
集中火力打飞贼，敌机油箱冒黑烟。
歪歪斜斜倒栽葱，掉入稻田晰可见。
敌机被打稀巴烂，沈瀛韦是飞行员。
负隅顽抗想逃命，被击毙上了西天。

（二）步枪打战斗机

时值一九三四年，十一月廿四这天。
红一军团在前进，到达湖南至道县。
薛岳何键白崇禧，与我红军开激战。
坐镇指挥蒋介石，急调敌机开前线。
第三中队南昌飞，飞贼正在空中悬。
狂轰滥炸敌疯狂，红一军团正疏散。
第二师做预备队，优秀射手来调遣。
密集射击火力猛，一架敌机被我歼。

该机编号七〇九，敌飞行员已跳伞。
敌人魏德谢廷藩，被我活捉无气焰。
步枪打下战斗机，“空中骄子”被我歼。

（三）机枪连痛歼“飞贼”

自从遵义会议后，警卫营系新组建。
营长杨梅生命令，开展防空之训练。
机枪装上三脚架，瞄准器件很简单。
三月十八这一天，三渡赤水已圆满。
中央纵队茅台镇，沿路上行正爬山。
三架敌机飞过来，肆无忌惮低空盘。
欺负我军装备弱，扔下一枚枚炸弹。
几人倒在血泊中，情况危急莫迟缓。
营长请示首长后，冲过地面雾和烟。
来到警卫机枪连，四挺机枪对向天。

敌机入我火力内，机枪齐射飞机穿。
一架敌机被击中，冒着浓烟坠河边。
四渡赤水之胜利，归功有效防空战。

（四）机毁人亡

一九三五八月三，敌人派了领队员。
第五中队王伯岳，三架飞机空中悬。
低空侦察系任务，阻我红军把任担。
飞临四川腊子山，羊角塘地它发现。
红一方面主力军，正在行军把路赶。
三架敌机齐扫射，俯冲低空扔炸弹。
红军机枪来还击，密集开火声震天。
飞机多处被击穿，王伯岳是飞行员。
慌乱撞到山崖上，机毁人亡命完蛋。
其余两架均逃命，不敢向我来侵犯。

（五）攻占天全县

一九三五年十月，红四方面军转战。
为了开路通天全，发起天庐雅邛战。
时值十一月七日，大川场被红军占。
右纵队攻金汤镇，拿下柴石大岗山。
时间大约九时许，红军正在翻岭山。
敌机分批已来临，扩大面积投炸弹。
红军疏散来不及，好多战士血泊间。
红军攻势受其阻，情况危机此刻难。
战士对空狂扫射，一架敌机冒黑烟。
空中翻滚坠落下，其余敌机全逃窜。
红军此时气势振，乘胜前进追敌顽。
地面敌人被消灭，十日攻占天全县。

注：天芦雅邛系指：天全、庐山、雅安、邛崃等地。

长征路上之“扩红”

扩大红军之力量，征募新兵补人员。
红军一路都打仗，自然环境极其险。
伤亡不断常减员，兵力吃紧任务艰。
革命队伍子弟兵，征兵不能靠花钱。
不能动武抓壮丁，只能耐心做宣传。
面向群众讲道理，为民谋利来实践。
赢得人心很关键，吸引青年把军参。

一九三五年五月，一方面军九军团。
军团团长罗炳辉，政委何长工来担。
政治主任黄火青，他们率兵到云南。
占领会泽这个县，就在此地扩兵源。
开仓济贫打土豪，没收官僚的资产。
资产分给老百姓，当地群众记心间。
五月三日这一天，召开万人大会宣。
军团领导做演讲，革命主张大宣传。
靠着真情和实意，赢得百姓齐称赞。
成批报名人很多，积极踊跃把军参。
时间仅仅过两天，“扩红”人数一千三。
补充原有建制外，一个整营又新编。
红军三六两军团，贵州期间多转战。
往返云贵川三省，顺利攻克三个县。
黔西大定和毕节，派出人员做宣传。
宣传我党之主张，红军宗旨向众宣。

由于宣传很到位，“扩红”顺利得进展。

父送子来妻送夫，夫妻兄弟把军参。

场面热闹人振奋，时历整整二十天。

红军二六两军团，“扩红”人数过五千。

红军及时扩兵源，新生力量大增添。

广大群众爱红军，革命军队永向前。

俄界会议

有个地名叫俄界，藏族小村故事演。
蓝天白云青山秀，河流两岸林尽染。
时值一九三五年，九月十一这一天。
毛泽东和周恩来，王稼祥和张闻天。
率领一三两军团，军委纵队在其间。
红军不足八千人，进入达拉沟里面。
毛泽东年四十二，身边跟随警卫员。
手持树棍沿河上，狭窄小道行走难。
悬崖绝壁在左边，湍急奔腾河右边。
有时道路被水淹，只好绕道攀悬岩。
毛泽东拄一木棍，时涉水来时爬山。
有件事他放不下，周恩来病很危险。
因患阿米巴脓肿，高烧病倒好几天。
毛泽东请好军医，病情还不见好转。

高烧不退人昏迷，毛泽东常回头看。
不断向后来传话，一定保护周安全。
达拉沟中毛泽东，千钧重荷压在肩。
电报催促张国焘，赶快北上莫迟缓。
张国焘说他兵多，谁有实力谁掌权。
九月十日天已晚，行至交界川与甘。
中央领导又研究，给张再发敦促电。
毛泽东住小阁楼，放置行李身即转。
探望恩来王稼祥，养好身体是关键。
在毛泽东建议下，中共中央开会研。
九月十二这一天，俄界小村大事件。
政治局开扩大会，主席亲自做演讲。
揭露批判张国焘，分裂主义很危险。
确定红军大战略，继续北上意志坚。
九月十三这一晚，红军离开俄界边。
沿着达拉沟向上，白龙江岸山峻险。
朝着东北方向去，俄界会议载史篇。

流动的银行

红军长征队伍中，一支百人组成编。
金银资产肩上挑，印钞机器背身间。
服务中央之需求，物资保障送上前。
一九三一年冬月，苏区中央银行建。
毛泽民担任行长，中央银行任务艰。
一九三四年十月，红军开始战略转。
银行工作十四人，运输队有上百员。

十五大队奉命组，军委直属纵队编。
行军途中须护卫，兵力整整一个连。
运输主要靠人力，一百多人担在肩。
黄金白洋和银元，“红军票子”在其间。
为了保管好家当，历尽千难与万险。
一九三五年一月，红军进驻遵义城。
加强后勤之保证，“没收委员会”组建。
财政部长林伯渠，“没收委会”主任兼。
毛泽民任副主任，清查污吏与贪官。
没收土豪粮和田，包括劣绅之资产。
谷子玉米及食品，金银珠宝衣物件。
“没收委员会”造册，将这实物换成钱。
或给当地老百姓，或补部队渡难关。
红军广大指战员，平时很少零用钱。
利用部队整休期，货币发行或兑换。
长征进入贵州境，银行就把政策宣。

欢迎社会各阶层，即把银行钞票换。
当地红军撤离前，再给群众来兑现。
群众手中之苏币，再次换成原有钱。
红军多为群众想，有人珍藏留纪念。
时值元月二十九，红军来到赤水边。
为了爬上小山坡，部队轻装再向前。
就在山坡挖大坑，钞机钞票全烧完。
银行同志随部队，向北挺进又翻山。
一九三五年十月，中央红军到陕甘。
银行原有十四人，其中六位已长眠。

长征路上“红星”耀

时值一九三一年，十二月中某一天。
工农红军政治部，机关报纸开始办。
报纸名字叫《红星》，小平同志任主编。
时至遵义会议后，主编陆定一承担。
长征路上多艰难，“红军”报纸做宣传。
采取手刻和油印，二十多期已出版。
共有四个铁皮箱，红军挑起两扁担。

中央军委昼夜行，铁皮箱里设备全。
装着一台油印机，铁笔蜡纸和钢板。
几盒油墨毛边纸，纸箱当桌把公办。
常遇敌机来轰炸，坚持工作支起摊。
每期印七八百份，发至低层到营连。
长征路上《红星》报，围绕中心做宣传。
战略部署要刊登，发表社论几十篇。
中央军和红四军，胜利会师大团圆。
表彰工做积极者，批评后进报纸见。
口号标语做竞赛，加强纪律扬模范。
进入少数民族区，宣传政策很关键。
《红星》内容很丰富，文风朴实小精悍。
报上经常有漫画，增加插图做宣传。
时值一九三五年，八月三日这一天。
二十六期出版后，遇水草地环境险。
万般无奈情况下，《红星》报纸才停刊。
长征路上这“红星”，永远照耀指战员。

长征中的运动会

红军长征史无前，跋山涉水多转战。
国民党军施疯狂，围追堵截将我犯。
红军徒步急行军，穿越峻岭与崇山。
渡江过河急流险，雪山草地将路拦。
屡屡战斗一打响，就与敌人来作战。
体力付出超常人，战士体魄需锻炼。
为了增强战斗力，体育运动会常办。
因地制宜选项目，紧紧结合我作战。
培养战士之毅力，英雄主义得体现。
一九三五年一月，红军已将遵义占。
做了短暂休整后，一场篮球赛举办。
红军与遵立三中，比赛激烈艺精湛。
陈云同志来现场，饶有兴致佳称赞。

红军取得直罗镇，进行休整这期间。

十二月八这一天，运动会在小园办。

风雪交加天严寒，数千红军来观看。

赛跑跳高及跳远，爬绳亦扔手榴弹。

红军领导聂荣臻，自始至终亲自参。

闭幕大会他致辞，体育运动艺精湛。

时值一九三六年，五月一日这一天。

红军第四方面军，五一运动会举办。

除了田径与球类，朱德提出好意见。

军事项目须参加，内容丰富近实践。

识图测距及架桥，烧牛粪及帐篷建。

因红军拟过草地，军事技能要锻炼。

最奇项目烧牛粪，世界一流史无前。

朱德考虑过草地，用粪替柴是关键。

要将牛粪快点燃，看谁用的时间短。

为了参加这项目，须将粪贴墙上面。

细心下架要吹干，粪湿无法来点燃。
有人为此做发明，羊皮做成风箱练。
正式比赛那一天，场上牛粪堆堆见。
不时大家就看见，烟雾缭绕光闪闪。
不断有人来报告，结果告知评判员。
说起红军运动会，长征本身世罕见。
超长距离之项目，举世无双史无前。
长征二万五千里，中国革命大改变。

乌蒙山之战

群山起伏乌蒙山，位于黔西滇北边。
谷深山陡人稀少，道路崎岖多艰险。
一九三六年二月，此来二六两军团。
正值阴雨之季节，道路泥泞行军难。
敌军“围剿”纷纷袭，顾祝同掌指挥权。
十个师之重兵力，尾追侧击来阻拦。
三月四日这一天，红军行至妈姑段。

贺龙协商各领导，果断决定莫迟缓。
红军二六两军团，速进奎香彝良县。
给敌造成一错觉，胡乱猜想瞎判断。
盐津北渡金沙江，急忙沿江来阻拦。
三月八日这一天，红军两个师身掩。
折道五十里设伏，痛歼敌人两个连。
敌人忙收缩部队，修筑工事设防线。
红军迅速撤战场，返回奎香此地段。
红军挥师振雄风，崇山峻岭入西南。
条件恶劣大山中，敌人又在做盘算。
敌军顾祝同认为，红军疲惫已不堪。
走投无路方到此，歼灭于我在大山。
急令部队向镇雄，安顺道路已切断。
为了通开南进路，三月十二这一天。
镇雄西南又设伏，敌二百人被我歼。
险些活捉敌师长，此战告捷信心添。

三个纵队之敌人，闻讯赶紧来支援。

封锁主要之路口，红军此时遇艰难。

被围三十里狭区，紧急情况在考验。

贺龙经过多调研，决定采取疑兵战。

草人布在阵地前，树丛红旗飘蓝天。

犹如红军主力军，实已从两敌间穿。

绕到敌人纵队外，第三次进奎香段。

红军突围两天后，敌人将我阵地占。

才知中了空城计，悔之当初时已晚。

二六军团突围后，立即挥戈又向南。

三月二十三日时，宣威击退滇军拦。

二十八日这一天，红军进入黔西南。

占领盘县之县城，胜利完成回旋战。

党中央与陕西党之联系

一九三三年六月，党与陕西已失联。
就在红军长征中，也无相关消息传。
陕北红军根据地，领导人系刘志丹。
红军长征到四川，遇到张国焘发难。
分裂红军分裂党，中央红军处境险。
立即脱险再北上，去向何处未定案。
红军长征到甘肃，哈达堡镇新发现。
邮局看见《大公报》，刊登消息刘志丹。
陕北红军很强大，根据地有大地盘。
彭德怀和聂荣臻，十分高兴心喜欢。
急忙告诉毛泽东，天大喜讯此时传。
时值一九三五年，九月廿七这一天。
党中央即召开会，甘肃榜罗系地点。
决定进军去陕北，尽快去找刘志丹。

一九三五年十月，十月十九这一天。
中央到达吴起镇，红军找到落脚点。
党中央和陕西党，联系早在二四年。
党团支部皆成立，地点榆林和渭南。
董必武和李大钊，领导并且亲手建。
一九二五年九月，各地纷纷组党团。
一九二七年一月，陕西省委亦组建。
从这时到三六年，中央向陕发文件。
正式发文十六次，少则千字多上万。
命令陕甘游击队，红军二十六军团。
一九三三年之初，王世泰在第二团。
苏维埃府任执委，王团长亦曾当选。
一九三三年五月，杜衡省委书记担。
二十六军杜来到，执行极左之路线。
撤销两位领导人，谢子长和刘志丹。
由他自己当政委，要求红军变据点。
离开照金根据地，新根据地建渭南。

渭华起义发生地，那是一九二八年。
此地敌人集中区，站住脚跟难上难。
渭华起义之失败，敌强我弱是根源。
杜衡批评刘志丹，右倾逃跑恶名冠。
结果部队到蓝田，就已被敌军打散。
但在与敌开战前，杜衡离队去西安。
说向省委去汇报，结果被捕即叛变。
他将陕西党组织，详详细细向敌谈。
敌人疯狂大逮捕，党的组织已瘫痪。
省委委员秘书长，贾拓夫只身逃远。
一九三三年秋天，他先到了上海滩。
后来转移到苏区，向党汇报系详端。
中央此时要长征，与陕西党已失联。
二十六军失败后，余部跟随刘志丹。
在王世泰协助下，经过突围往回转。
一九三三年十月，故地照金系地点。
战时敌军有起义，王泰吉率一个团。

结合地方游击队，恢复二十六军团。
对杜进行大批判，左倾路线罪滔天。
立即制定新方向，根据地要扩到甘。
时值一九三五年，党的组织又扩建。
陕北革命根据地，合并二十七军团。
成立中共西北委，工委军委同时建。
军委主席刘志丹，前线指挥他身兼。
一九三五年五月，西北红军与敌战。
连续解放了安定，安塞延长和延川。
还有靖边和保安，一共占领六个县。
二次围剿被粉碎，根据地获大地盘。
二次国内战争中，仅有此地可生还。
为党中央和红军，根据地供落脚点。
时值一九三五年，十月十九日起算。
党中央和陕西党，恢复紧密之相连。

最先到陕北的红二十五军

长征各路红军中，到达陕北谁为先。
并非红一方面军，而是二十五军团。
从鄂豫皖根据地，一路苦战到延安。
早其他军一个月，到达之后即整编。
陕北红军两个军，廿五廿六两军团。
与廿五军皆合并，组建十五新军团。
劳山榆林多战斗，出师全胜庆凯旋。

为迎中央到陕北，奠定基础和条件。
二十五军长征前，大别山区苦作战。
虽然打了些胜仗，但是局面未扭转。
为了开辟根据地，中共中央指示传。
时值一九三四年，十一月十六这天。
红廿五军人三千，长征寻机苏区建。
程子华和徐海东，率领部队上前线。
始于河南罗山县，秘密行动很突然。
越过平汉封锁线，奔向桐柏山急转。
一九三五年伊始，红廿五军到陕南。
建立鄂豫陕苏区，苏区人口五十万。
主力发展三千七，地方武装又两千。
一九三五年七月，红廿五军逼西安。
得知红四方面军，中央红军会西川。
两路红军会师后，继续向北奔向前。
七月十六这一天，红廿五军向陕甘。

长安丰裕口出发，包围天水占秦安。
切断西兰公路线，艰难翻越六盘山。
九月十五这一天，转战陕北延川县。
会师陕北两个军，合编第十五军团。
徐海东任军团长，程子华将政委兼。
副军团长参谋长，两任一肩刘志丹。
红廿五军到陕北，牵制敌人之视线。
使敌主力向北移，敌人计划被打乱。
支援一四方面军，敌人堵截已破产。
红廿五军十个月，兵力不足人三千。
孤军远征出奇迹，途经四省路九千。

红军三大主力会师

一九三五年十月，一方面军到陕甘。
十二月在瓦窑堡，政治局会做决断。
制定政策及战略，统一抗日系路线。
发起东征和西征，革命根据地发展。
二四方面军北上，三大主力欲团圆。
红一方面军南下，迎接二四两军团。
时值一九三六年，十月二日这一天。
深夜凌晨到五时，十五军之骑兵团。
部队组成特支队，团长政委临前线。

西方野战军司令，彭德怀将命令颁。
宁夏同心城出发，昼伏夜出长途间。
一举攻下克津门，作为战术支撑点。
顺利攻克会宁城，红军会师基础奠。
十月九日这一天，红军三个师率先。
三个师长率其员，顺利到达会宁县。
迎接朱德张国焘，以及司令部人员。
四方面军总指挥，陈昌浩与徐向前。
总指挥部直属队，受迎之时在其间。
时移十月十日晚，一四两个大军团。
举行会师联欢会，地址文庙大殿前。
时到十月二十二，二方面军也入甘。
与一方面军会师，将台堡镇系地点。
红军会师之期间，红军首长亦团圆。
朱德会同徐向前，会见聂荣臻左权。
还有陈赓杨得志，包括首长李先念。
会宁城楼留足迹，三军会师史无前。

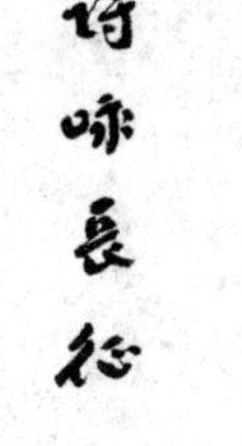

红军“东征”与“西征”

时值一九三五年，十二月七日这天。
中共中央召开会，地点就在子长县。
毛泽东提要东征，许多将领抒己见。
初到陕北根不稳，不宜东征先搁浅。
主席当即做工作，说服大家顾虑散。
就在东征作战前，考察黄河地形看。
主席直接抒胸臆，千古绝唱撰诗篇。
一首《沁园春·雪》出，豪情壮志冲霄汉。
出师东征得民心，抗日先锋来承担。
“抗日救星”上报纸，全国媒介大宣传。
蒋介石和阎锡山，与我作战骂名传。
红军东征到山西，可向北转进绥远。

或者向东进河北，开赴抗日第一线。

争取对日直接战，革命抗日任两肩。

推动抗日新高潮，民族统一战线建。

固巩扩大影响力，筹集经费渡难关。

红军进攻到山西，威胁老巢阎锡山。

晋绥敌军调山西，陕北苏区局势缓。

山西人口较稠密，物质丰富多盛产。

筹款征集备物资，给养红军指战员。

东征歼敌七个团，缴获武器我包揽。

扩充红军八千名，筹款三十余万元。

红军东征山西时，抗战播种二十县。

激起抗日之热情，统一战线大发展。

陕北根据地北临，长城之外无人烟。

面向宁夏甘肃境，地瘠人贫少人员。

南面关中和渭北，物产丰富人密繁。

靠近国民党军队，西北大营在西安。

只有东面系山西，为我提供大空间。
山西军阀阎锡山，号称军队有十万。
红军战士作战勇，敌军打战无经验。
山西日本谋之地，直接抗战好作战。
一九三六年二月，十八日后又六天。
时至五月第二日，东征共用七十天。
东征之后中央定，西征开始日历翻。
两个军团一个师，参战人员一万三。
开辟抗日根据地，继续向北上前线。
红军长征胜利后，东征西征皆圆满。
十三万平方公里，人口达到两百万。
陕甘宁区根据地，地盘人口大扩展。
红军第一方面军，部队规模超两万。
与国民党之守军，建立关系共统战。
红军三大主力军，胜利会师得实现。

传遍全球

时值一九三五年，十月十九这一天。
红军到达吴起镇，稍作休整再转战。
十一月之第四天，红一军团又往南。
粉碎敌人之“围剿”，会师第十五军团。
中央红军到甘泉，又达县南鼻子湾。
两军会师在眼前，毛泽东他喜心间。
主席讲话中谈到，总结论断即有三。
长征一是宣言书，二把宣传队承担。
第三又是播种机，长征胜利史无前。
据史料载那一天，鹅毛大雪一片片。
雪落红军衣帽上，飘落陕北黄土塬。
片片雪花如电波，主席讲话全国传。
并向全世界宣告，长征胜利到延安。

红军长征得胜利，敌人追堵全破产。
江西瑞金来算起，走了一年多时间。
走过赣闽粤湘桂，又经黔滇川抵甘。
计陕西共十一省，翻越峻岭与崇山。
苗山娄山大凉山，还有艰险六盘山。
渡过湘江和乌江，赤水金沙大渡河。
白龙渭水在其间，雪山草地经考验。
每人开动两只脚，行程两万又五千。
从未有过此长征，载入史册照宇寰。

延安春晓——张宏喜画

赵忠抗诗，书法家明栋书

颂延安

圣火光芒破黑暗，红军万里赴延安。
十三岁月重抖擞，百万军队势如山。
宝塔山巅星火亮，延河两岸有农田。
勤劳俭朴为传统，足食丰衣新地天。

十大元帅九人长征

第五次反“围剿”后，中央红军处境难。
只有突围做转移，冲破敌人封锁线。
红军开始长征后，朱德等人地位显。
朱德时任总司令，中央红军他调遣。
叶剑英在一纵队，担任纵队司令员。
林彪以及聂荣臻，主管红军一军团。
军团政委聂荣臻，林彪军团长在肩。
彭德怀为三军团，军团长职他承担。
第五军团参谋长，刘伯承其身上兼。
第八军团政治部，主任职务罗荣桓。
突破敌人四防线，红军长征一阶段。
四方面军总指挥，即是老帅徐向前。
长征始前及途中，批判张国焘路线。

维护中央权威性，革命事业做贡献。
红军二六两军团，贺龙将军来领衔。
湘鄂川黔根据地，成绩显著大发展。
时值一九三五年，十一月份在湖南。
贺龙奉命始长征，出发地在桑植县。
红军途中改编制，他们几人工作换。
除了朱德徐向前，原来职务未改变。
剩下七位领导者，新的角色又承担。
红军长征转移时，唯有陈毅留江南。
他未走过长征路，留守开展游击战。
领导南方八个省，与敌周旋整三年。
敌我悬殊力量大，战争艰苦非一般。
配合红军主力军，保存力量很关键。
推动南方抗日战，成为革命战略点。

参加长征的几位外国人

（一）洪水

洪水国籍系越南，越南名字叫阮山。
出生一九〇八年，普通百姓家贫寒。
随胡志明来中国，那是一九二四年。
追求真理来中国，参加长征多转战。
长征胜利到陕北，其后参加抗日战。
从建军到抗战后，全面过程身实践。

抗日战争胜利后，胡志明让回越南。
抗法战争需要他，并授少将之军衔。
时值一九五〇年，回到中国有公干。
中国人民解放军，授其少将之军衔。
毛泽东和胡志明，高度评价赞阮山。
革命经历系传奇，中越友谊世代传。

（二）毕士悌

毕士悌原叫金勋，他之国籍系朝鲜。
其后改名叫杨林，出生一八九八年。
一九一九在朝鲜，因反日成通缉犯。
后来流亡到中国，曾经讲武入云南。
黄埔军校任教官，后任部队区队长。
加入中国共产党，那是一九二五年。
又任三营之营长，其在叶挺独立团。
南昌起义他参加，后来学习去苏联。

一九三〇回上海，担任东满特委员。
满洲省委他任职，军委书记落其肩。
调赴中央根据地，那是一九三二年。
一方面军补充师，又将师长职务兼。
一九三四年十月，参加长征史无前。
他在军委干部团，团参谋长他承担。
参与指挥其部队，参加土城遵义战。
一九三六年二月，他在红十五军团。
七十五师参谋长，抢渡黄河亡阵前。

（三）武亭

武亭他是朝鲜人，长征出发他率先。
他在红军一纵队，第三梯队司令员。
时值黎平会议后，红军部队大整编。
武亭调任三军团，炮兵营长他来干。

毛泽东四次落泪

（一）为"干人"落泪

时值一九三四年，红军冲杀一月半。
自从离开瑞金后，终于突破封锁线。
湘江战役第一仗，红军损失已过半。
将领战士皆迷茫，敌机天天头顶悬。
战士几乎不睡觉，却走不出敌视线。
疲惫不堪难忍受，队伍之中出怨言。
毛泽东此提建议，他为红军指路线。
指挥主力避敌群，改向贵州把敌歼。
贵州地方特别穷，当地人民缺吃穿。
皮包骨头称"干人"，国民政府多苛捐。
红军到达此地后，"干人"到处去要饭。

看见红军战士后，诉说他们之可怜。
嘶哑之声难听清，作揖磕头谢长官。
骨瘦如柴站不稳，拄着木棍人打颤。
此景震撼指战员，大家流泪又揩干。
红军路过乌江岸，老太太将孙子牵。
寒冬腊月祖孙俩，穿着补丁破衣单。
胳膊和脚已发青，倒在地上气息奄。
毛泽东急走过来，赶上前把老人搀。
已经饿得头发昏，将孙抱在怀里面。
一位战士解释说，粮食地主全抢完。
儿子被拉当壮丁，孩子他娘死得惨。
祖孙俩人无活路，只好逃出来讨饭。
毛泽东他听完后，热泪盈眶心里酸。
立即脱下自毛衣，两袋干粮送上前。
亲切地对老人说，我们红军任在肩。
地主老财要打倒，反动军队我们歼。

穷人要过好日子，待到胜利那一天。
老人声念红军好，费力站起去逃难。

（二）夫妻情深

毛泽东和贺子珍，夫妻又把战友兼。
两人长征路途中，默默无闻做贡献。
遵义会议召开后，毛泽东获指挥权。
四渡赤水渡乌江，指挥贵阳转向南。
看准云南敌空虚，日夜兼程到盘县。
一如既往向前走，毅然决然进云南。
红军被动变主动，一切顺利暂脱险。
一场意外已降临，贺子珍妻遇灾难。
正值一九三五年，四月廿三这一天。
天空飞机嗡嗡响，敌人飞机投炸弹。
警卫人员吴吉清，让贺隐蔽把身掩。

贺子珍此已看见，地上躺着重伤员。
暴露在敌视野中，此情一刻不能缓。
不顾个人之安危，安排隐蔽冲上前。
敌机投下炸弹响，落到贺子珍身边。
顿时腾起一团烟，贺之身体中弹片。
紧急抢救医生查，十七处伤存弹片。
体内深处无法取，浅处已经处理完。
手术没有麻醉药，几次疼晕意志坚。
看她浑身是鲜血，吴吉清问怎么办？
经过大家商量后，派一骑兵总部赶。
不一会儿消息传，毛泽东到众人前。
跳下马到贺身旁，弯下腰来观细端。
拉着她手叫子珍，珠泪掉在地上面。
在场每人都感动，跟着流泪泪不干。
子珍再次转醒后，看见主席在身边。
脸上露出一丝笑，让他赶快去前线。

贺子珍伤好转后，还有几处有弹片。
到她去世未取出，留下永远之纪念。

（三）痛哭战友胡昌保

红军渡过金沙江，飞渡大渡河天险。
一九三五年六月，红军来到二郎山。
毛泽东率中央军，准备翻越甘竹山。
一路打仗很疲惫，往山上爬步步难。
为给大家多鼓励，主席时而笑话言。
走到山腰开阔地，歇歇脚步好向前。
石头上面坐下来，围着主席在聊天。
警卫班长胡昌保，摆手叫停很突然。
他们头顶嗡嗡响，几架敌机来东南。
主席命令快隐蔽，敌机俯冲已投弹。
震耳欲聋爆炸声，距离主席并不远。

眼疾手快胡昌保，他将主席推一边。
霎时石头炸粉碎，只见胡倒地上面。
浑身是血双眼闭，主席无事身安全。
主席蹲在胡身旁，用手抚摸轻声唤。
小胡慢慢苏醒后，微微睁开一双眼。
看到主席在身旁，先问主席之平安。
小胡同志我很好，请你一定心放宽。
快给小胡包扎伤，主席忙喊卫生员。
他说自己不行了，主席哽咽话打断。
小胡倒在主席怀，然后慢慢闭上眼。
主席将胡轻轻放，叫人取来一毛毯。
亲自给胡盖身上，悲痛难抑泪如泉。

（四）为红军子弟兵流泪

一九三五年十月，中央红军已率先。

到达陕北吴起镇，长征结束向世宣。
中共中央召开会，主席会上做发言。
走上讲台四周看，红军将士皆坐满。
刚从草地走出来，战士个个衣破烂。
面黄饥瘦人憔悴，主席顿时泪满面。
情不自禁他讲话，回顾长征之艰难。
我们丢了根据地，走出逆境损失惨。
队伍少了许多人，过来之人得锻炼。
革命种子系我们，伟大事业史无前。
现在我们从头做，前途光明留诗篇。
此时此刻毛泽东，想着红军千千万。
即将迈出新长征，中国革命在召唤。

一副羊架子的故事

长征二万五千里，机动作战给养难。
食不饱腹常挨饿，衣服单薄不御寒。
如此艰苦条件下，秋毫无犯纪律严。
暮天席地宿野外，群众利益不侵犯。
红军人民子弟兵，广大群众齐称赞。
部队到达毛儿盖，饥饿困扰经苦难。
国民党下禁严令，偷运粮食死刑见。
藏民如若当红军，灭其家族满门斩。
喇嘛庙里粮食多，红军战士却饿饭。
红军总部有规定，不进宗教场所间。
找来一些青稞粒，统一分配指战员。
官兵每天吃一顿，青稞糊糊只一碗。
红军为了自生存，牛皮野菜把肚填。

未消化的青稞粒，牛羊粪里往出拣。
伟大领袖毛泽东，照样挨饿生活难。
他脸显得更黑瘦，头发也显更蓬乱。
警卫排里有人提，要让主席吃好点。
他们瞒着毛主席，偷偷跑到庙里面。
在放杂物平房里，一副羊架被发现。
战士名叫王七九，随同几个警卫员。
腊羊架子拿回来，欲将伙食来改善。
正在收拾羊架子，主席此时到面前。
他先问出情况后，立即严肃将脸板。
语句严厉开了腔，群众纪律你们犯。
你们什么地方拿，赶快送去莫迟缓。
王七九他回答“是”，立即出门去送还。
主席看着警卫员，语重心长开了言。
我已说过多少遍，执行纪律一定严。
这是少数民族区，敌人反动做宣传。

见了我们躲起来，不知真相多静观。
就靠我们自行动，那是最好之宣传。
红军战士王七九，送回羊架此回返。
主席说声谢谢你，轻轻拍拍他的肩。

我们的贺主席

时值一九三五年，十二月又十九天。
贺龙率领其部队，系属红军二军团。
从管竹至岩石乡，来到一处三房院。
三个战士灰军衣，身背短枪走上前。
一位妇女抱小孩，慌忙进了家里边。
战士走进她堂屋，内房紧闭把门关。
战士敲门轻声说，嫂子不要把心担。
红军服务老百姓，请您开门有事谈。
欧阳香元妇女名，丈夫在外挑夫干。
听见敲门声不急，说话语气很平缓。
妇女当即开了门，屋内还有空房间。
战士便对嫂子说，现在天色已傍晚。
在你空房搭个铺，借宿一夜端不端。

嫂子话虽未听懂，领会要借空房间。
此时表示她同意，笑容犹如阳光灿。
时过片刻来一人，高大魁梧穿长衫。
嘴上留个八字胡，二十多人跟后边。
战士整齐站两行，首长对众开了言。
红军为民求解放，铁的纪律执行严。
大家千万要注意，不能进入女房间。
无论我们到何处，百姓物品不能搬。
损坏东西要赔偿，借了东西要归还。
关心爱护老百姓，团结群众是关键。
打倒蒋氏卖国贼，反对势力定完蛋。

欧阳香元意识到，八字胡子是大官。
讲话皆为百姓想，结识红军喜逢缘。
心情兴奋到院外，讲话精神她宣传。
直到天黑才回家，走进堂屋她看见。
地上搭了几个铺，煤油灯下地图展。
她想知道那大官，轻声便对战士言。
那个胡子什么人，看他水平不一般。
战士告知军团长，贺老总名我们喊。
苏区政府之主席，贺龙老总他身兼。
红军一位女战士，非常和气对她言。
她俩一起拉家常，促膝谈心笑开颜。
女战士即告诉她，我是贺龙内助贤。
今晚住在你们家，真给你们增麻烦。
我是贺龙之爱人，请你理解多包涵。
知与贺龙是一家，女人当即开了言。
房屋没有收拾好，只有凑合住一晚。

鸡叫清晨第二天，部队即将把路赶。
打扫卫生整行装，检查物品一件件。
战士找欧阳香元，雷青菊住她对面。
问雷东西全不全，雷说木盆没看见。
战士拿个铜脸盆，当作将那木盆还。
无论木盆找到否，这个铜盆做纪念。
铁的纪律有规定，你要收下我心安。
贺主席和战士们，离开此地上前线。
群众含泪来相送，依依惜别常留恋。
时间过去几十载，欧阳香元忆当年。
经常思念贺主席，红军战士她挂牵。
直到一九五六年，十大元帅领大衔。
贺龙元帅在其中，标准挂像传世间。
欧阳香元很兴奋，挂像请到家里边。
逢人便把喜讯报，贺主席又回岩山。

贺子珍体嵌弹片

那是一九三五年，四月之初一夜晚。
女红军们在路上，拖着身子人疲倦。
进入一地五里排，隶属贵州之盘县。
意想不到事发生，一群敌机来突然。
其中一架速俯冲，机枪迎头乱射弹。
三枚炸弹投过来，战士迅速趴路坎。
先把身体来遮蔽，红军伤员难疏散。
贺子珍隐土坎下，发现担架上伤员。

不顾个人之安危，疏散伤员不容缓。
当她爬到担架前，炸弹落到她身边。
一股烟尘顿时起，敌机飞走硝烟散。
贺子珍身鲜血流，身体里面嵌弹片。
一场抢救急开展，警卫骑马请医贤。
请来医生名李芝，开始救治出方案。
先给打了止血针，然后全身做体检。
发现头部和身上，弹皮共计十七片。
救治没有麻醉药，疼得浑身流大汗。
双眼噙满泪水花，一声不吭意志坚。
浅层弹片被取出，深入体内取出难。
弹片留给贺子珍，成为永久之纪念。

陈赓与红小鬼

在那深秋的一天，太阳此时已西偏。
红军战士挨饥饿，茫茫草地无人烟。
陈赓同志身疲惫，骑着瘦马在后边。
看见一个小红军，行军掉队走后面。
小家伙年十二岁，大大眼睛小黄脸。
脚穿草鞋有点破，冻得青红难分辨。
陈赓走到他跟前，马停便先开了言。
小鬼看似不为然，盯着陈赓之瘦脸。
微微一笑开口说，我的身体比你健。
陈赓对他下命令，哪怕你只骑一段。
小鬼倔强开了言，与马比赛敢不敢？
陈赓要与他同行，小鬼说啥也不干。
首长骑马你先走，我在此地等同伴。

陈赓再无别招数，只好骑马把路赶。
骑马赶路心不安，小鬼身影浮眼前。
陈赓突然喊出声，那个小鬼把我骗。
调转马头即回返，狠踢马肚快加鞭。
等他看到小鬼时，人已倒在草窝边。
陈赓扶他上马背，急忙将他干粮看。
袋子塞得硬邦邦，牛膝骨头装里边。
一块骨头已发黑，几个牙印晰可见。
陈赓同志全明白，看着小鬼离人间。
陈赓搂住小红军，耳光在己脸上扇。
对不起你小兄弟，永远活在我心间。

王定国掩护女将领

时值一九三五年，为迎中央红军团。
红军第四方面军，扩大队伍搞宣传。
爱唱爱跳王定国，立即被调新剧团。
负责服装和化妆，工作积极亦肯干。
那时芳龄二十二，参加红军刚两年。
长征途中走路多，特别一提新剧团。
大部队在行军时，剧团向前把路赶。
部队战友休息时，她们回头慰问演。
从大部队头开始，演到队尾再回返。
剧团随队过雪山，拉拉队伍来承担。
行军中要前后跑，鼓励大家勇登山。
队伍爬到山顶时，筋疲力尽浑身汗。
双手僵直冷风吹，手抓木棍亦艰难。

草地行军更辛苦，来回穿梭忙剧团。
唱着红军之战歌，鼓舞士气做宣传。
当时定国人很瘦，如果人胖泥坑陷。
由于张国焘错误，她们草地走三遍。
又累又困又挨饿，队伍暂时停止前。
她们站着能睡着，战友个个遭磨难。
有时夜里急行军，命令休息很突然。
有的战友一坐下，睡死过去与草眠。
一九三六年十月，三支红军进入甘。
红军胜利大会师，地点甘肃会宁县。
王定国她未想到，艰苦征途还未完。
那是十月之下旬，红军四方面军团。
一部西渡过黄河，执行宁夏西征战。
王定国也随部队，河西走廊走向前。
时值十二月五日，剧团组成慰问团。
迎接突围红九军，不料碰到遭遇战。

敌军首领马步芳，“围剿”我军新剧团。
剧团战友抢高地，敌强我弱殊死战。
苦战一天粮弹尽，战友牺牲一大半。
三十多人被敌俘，敌人一看傻了眼。
多是妇女和孩子，敌人方知受了骗。
预想红九军军部，结果证明敌误判。
马步芳见是剧团，留着有用皆不斩。
强迫为他演歌舞，并要扩大该剧团。
王定国和战友们，趁机人员来调选。
未露身份女干部，掩护她们进剧团。
其中一位张琴秋，颇有色彩多奇传。
她是中国共产党，第一代之女党员。
曾在莫斯科留学，共计时间有五年。
回国后在红军中，方面军里职务担。
她任政治部主任，女师长职她曾兼。
新中国成立之后，部长之职担在肩。

王定国见张琴秋，苏维埃地在营山。
张国焘撤她职务，派她到了红江县。
具体职务已确定，县委书记她承担。
平日她穿列宁装，人很苗条头发短。
扎着皮带很精神，堪称文武亦双全。
几门外语她都会，女士偶像成自然。
西路军在西征中，张琴秋她亦任衔。
总政组织之部长，红军女将她为先。
敌人为了捉拿她，悬赏大洋整一千。
她化名叫苟秀英，装成做饭炊事员。
知道这个情况后，定国即与战友研。
因剧团里小孩多，她们都不会做饭。
借故提名苟秀英，来剧团当炊事员。
张琴秋到剧团后，躲过一劫之灾难。
西安事变发生后，营救工作已开展。
王定国她返部队，即到兰州八路办。

参加营救战友们，救出红军超两千。
公益事业她热心，组织拍摄专题片。
中国老年文物会，积极活动做宣传。
保护妇女和儿童，挽救失足青少年。
如今定国人高龄，岁数已近百零三。
足迹遍布各省市，继续为国做贡献。

可敬的烈士

红军二六两军团，撤离湘鄂和川黔。
蒋军始终来跟踪，妄图途中将我歼。
十二月廿一日午，红军部队六军团。
从高沙乡到花园，红军休整在其间。
树枝绿叶做伪装，敌机投下六颗弹。
战士牺牲二十人，几十战士成伤员。

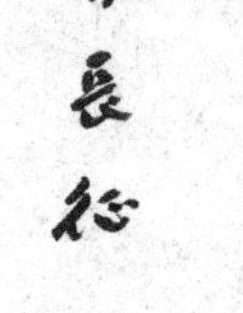

农家孩子二十岁，名字就叫王康元。
正在赶牛返回家，一位战士急了眼。
急忙将王按地下，自己身体将他掩。
红军战士血如注，安然无恙王康元。
叔父仁德知情后，感谢恩德重如山。
为了报答救命恩，他和贫民去冒险。
烈士遗体来安葬，这块地形如蛇山。
红军撤离此地后，土豪劣绅想翻天。
说此地乃风水地，现在却把龙脉断。
要将尸体挖出来，丢到前边河里边。
方可保全风水地，心怀鬼胎生事端。
贫苦农民邓成竹，叫来几人连夜干。
将棺移到长岑界，红军遗体方保全。
被救之人王康元，每年清明来祭奠。
时值一九七二年，王康元把支书担，
公社党委支持下，他带干部和社员。

修建红军烈士墓，纪念石碑竖墓前。
“长征烈士之墓”字，两侧刻有两对联。
洞口县委县政府，爱国教育基地建。
社会各界来缅怀，组织瞻仰来墓前。
继承革命先烈志，为国为民做贡献。

张思德吃毒草

草地行军很艰难，气候恶劣沼泽陷。
缺衣少粮更要命，不少战士此长眠。
行军掉队人增多，紧急关头怎么办。
朱总司令来带头，自己坐骑杀血溅。
分给同志做口粮，受益通讯警卫班。
号召大家尝百草，一定走出大草原。
野菜野草均可试，渡过饥饿之难关。
为了寻到可吃草，要冒中毒之危险。
红军战士张思德，总是抢在他人前。
张显扬他有回忆，部队宿营沼泽边。
一个战士水塘旁，“野萝卜”他大声喊。
叶子好似萝卜叶，拔起一颗到嘴边。
张思德急赶上去，夺来放到嘴里边。

细细嚼味甜又涩，骤时肚痛头晕眩。

全身无力肚绞痛，大口呕吐地上面。

急对那位战士说，这草有毒很危险。

张思德即倒在地，还没等他话说完。

时过半个小时后，慢慢苏醒模糊看。

战士端着一瓷缸，静静观察蹲跟前。

张思德说别管我，赶快去给大家传。

革命战士张思德，冒着生命之危险。

牺牲危险留给己，为了同志之安全。

朱总司令知此事，提出表彰又称赞。

感人故事《一袋干粮》

红军长征多艰险，缺衣少粮缺子弹。
危难之中见真情，感人故事一串串。
提笔推介一故事，《一袋干粮》广为传。
红军有个女战士，她的名字叫小兰。
背井离乡当红军，芳龄年纪刚十三。
她随部队前进时，精心护理众伤员。
一次急行过桥时，干粮掉到河里面。
她不告诉任何人，若无其事把口严。
为了不被人发现，她挖野菜挎包填。
领导见她吃野菜，方知真情露倪端。
大家知道真相后，分点干粮来支援。
小兰此时心感动，体会家庭之温暖。
故事细节虽然小，点点滴滴赋内涵。
小兰如男意志坚，克己奉公忍饥寒。
工农红军子弟兵，优秀品质世人赞。

小小鱼钩

一九三五年秋天，四方面军进草原。
许多同志得胃病，三个战士行军难。
炊事班长来照顾，他们走在最后面。
老班长他四十岁，个儿挺高驼背点。
三个病号走不快，二十里路走一天。
艰难到了宿营地，野菜青稞是晚饭。
时间不到半个月，两袋青稞已吃完。
饥饿威胁心焦虑，老班长将野菜剜。
眼看病号瘦下去，整天整夜难合眼。

他去水塘洗衣裳，忽见鱼儿跳水面。
喜出望外跑回来，他将衣针折成弯。
做成鱼钩去垂钓，鱼熬成汤味道鲜。
尽管没有作料加，每人喝了好几碗。
班长有了此经验，宿营常找水塘边。
没见班长吃过鱼，他说吃在我们先。
一天碗筷收拾完，他一个人出去转。
我悄悄地跟着他，他坐下来手捧碗。
嚼着草根剩鱼头，皱紧眉头往下咽。
犹如钢针扎喉管，我心刀绞失声喊。
老班长他抬起头，目不转睛将我看。
他说鱼肉我已吃，碗里还有一点点。
要是扔了怪可惜，此时我将话打断。
班长轻声对我说，咱们两个是党员。
两个战士年纪小，莫让他们知详端。
指导员交我任务，照顾你仨职在肩。
他说你们人年轻，我是上级勤务员。

无论条件多艰苦，带领你们出草原。
无边无涯这草地，走出还要二十天。
你们身子都很弱，不吃东西难生还。
我向上级怎交代，不能辜负指导员。
请求班长咱俩干，班长严厉对我言。
不要坚持你意见，服从命令应在先。
望着班长那瘦脸，一句话我未再言。
失声痛哭心难忍，一头扑他怀里面。
第二天见鱼汤少，两条小鱼分三碗。
班长对我三人说，赶紧把鱼快吃完。
我觉此碗千斤重，怎么送不到嘴边。
两小战士不知道，见势也不把碗端。
老班长看此情况，眉头紧锁收笑脸。
你们不吃可咋办，怎么走出这草原。
为了革命必须吃，让我带头往下咽。
泪珠流到鱼汤里，悄悄转身擦泪眼。
大口大口咽鱼汤，班长此刻眉舒展。

嘴边露出一丝笑，我心犹如塞了铅。
过了一天又一天，渐渐接近草原边。
我们病情又加重，直不起腰行路难。
班长瘦得皮包骨，眼睛深深往下陷。
鼓励我们往前走，互搀互扶走一段。
终于走到草地边，重叠山峰已看见。
班长说暂歇一歇，弄点吃的干劲添。
他去鱼塘又钓鱼，我们去把野菜剜。
时间过了大半天，班长还未往回返。
我们四处去寻找，一直走到水塘边。
班长昏迷不醒事，随后微微睁开眼。
奄奄一息对我说，你们赶快出草原。
我的任务未完成，你们告诉指导员。
三人扑在班长身，看他慢慢闭上眼。
我将鱼钩包起来，放在贴身兜儿间。
等到革命胜利后，把它送到纪念馆。
长满红锈鱼钩上，阳光灿烂金光闪。

四斤干粮

红军战士谢益先，过草地时总在前。
分得干粮有四斤，见母子仨在路边。
饥荒难忍吃草根，自己干粮全部献。
每天他就吃野菜，凉水充饥支身难。
传来他牺牲噩耗，母子三人来吊唁。
干粮口袋印“谢”字，并向部队道委原。
小谢明知草原上，干粮乃是生命线。
极其艰难情况下，仍把四斤干粮捐。
宁愿饥饿中煎熬，也不愿将战友连。
甚至生命将终结，还将母子三人念。
得知他们平安时，嘴含微笑离人间。
他对人民情谊深，舍己救人美名传。
长征精神永铭记，红军战士英雄汉。

小吴照顾指导员

红二方面军六师，有个十八团九连。
肖彬担任指导员，泽章坝上遭遇战。
英勇杀敌受重伤，上级一马送面前。
安排小吴照顾他，名叫玉民通讯员。
小吴年龄刚十六，个子不高黑脸蛋。
每到一处宿营地，背风地方他来选。
自己被子铺地上，去扶肖彬指导员。

支起铝锅烧开水，给指导员把药换。
粮食不断在减少，节约用粮很关键。
指导员伤刚好些，硬撑帮吴把火看。
时间又过好几天，吴边放马边烧饭。
两件事情皆不误，每次回来都很晚。
小锅里饭热腾腾，盛上端给指导员。
拍拍肚子笑着说，我在外面已吃完。
小吴越来越清瘦，走路吁吁把气喘。
以前大跑现不能，一动便是满头汗。
指导员想不对劲，小吴有事将他瞒。
一天天色到黄昏，他安顿好指导员。
脚步踉跄去放马，指导员悄跟后面。
艰难追上小吴时，小吴端锅正吃饭。
指导员轻唤一声，吴藏小锅身后边。
指导员仍向前爬，小吴赶紧把他搀。
指导员要端小锅，小吴一把就捂严。

领导令他松开手，小吴只好端上前。

肖彬忙向锅里看，天啊这是什么饭？

一锅草根和树叶，原来吴将领导瞒。

十六岁之红小鬼，照顾战友自克难。

小吴哀求指导员，如何批评我不怨。

领导把吴搂在怀，战友情谊重如山。

小董翻雪山

有位战士叫小董，女性芳龄刚十三。
爬雪山时发辣椒，为使大家把身暖。
小董怕辣没有带，冷得发抖实艰难。
当她爬到半山腰，队员一直向她喊。
同志千万别坐下，坐下不起难生还。
又冷又累她坚持，终于爬到雪山巅。
看见队员往下滚，一滚就是几丈远。
她一屁股坐下去，意志坚强滚下山。
一滚就是一百丈，机智勇敢长经验。
小董沿用此办法，翻越一座座雪山。

半碗青稞面

荒无人烟大草地，战士饥饿实可怜。
一点青稞做干粮，领导战士一样难。
周恩来与大家同，干粮剩下一点点。
他让大家省着吃，青稞面袋腰上拴。
青稞干粉逐渐少，战士来把野菜拌。
红军战士吴开生，此时青稞面吃完。
已经饿了两整天，从来不对他人言。
周副主席知道后，马上叫来警卫员。
自己省的青稞面，给了小吴两大碗。
看看小吴脸蜡黄，语重心长对他言。
革命征途多艰险，红军战士意志坚。
小吴含着眼泪说，感谢首长鼓励俺。
我只要有一口气，跟你走出大草原。

狂风暴雨袭夜晚，帐篷制作用被单。
自然不能抗风雨，淋成落汤鸡一般。
周副主席令大家，去他办公室里面。
大家谁也不肯去，影响首长不情愿。
首长冒着大雨来，你们不去我不安。
周副主席一席话，战士个个暖心田。
一望无际大草原，此时青稞面吃完。
野草吃光杀军马，烧了皮带把肚填。
随带纸张咽下去，极大困境此时陷。
周副主席下命令，自己青稞面半碗。
分给大家泡水喝，这可急了警卫员。
周副主席你吃啥？说完眼泪一串串。
有同志们就有我，大家共同度饥寒。
多留战友之生命，革命会把力量添。
热水掺上青稞面，每个战士手中端。
全体战士皆流泪，首长关怀记心间。

红军草鞋作坊

一九三四年十月，红军渡河到赣南。
开始长征始于此，结集时间有十天。
群众夜以继日忙，赶制草鞋数十万。
每个战士有两双，支援红军上前线。
时光过去几十年，于都河水作证见。
红军草鞋能见到，来到于都一村前。
找到九十五岁人，陈罗寿老已出现。
他父亲叫陈善模，母亲孙道秀称贤。
打草鞋他是能手，时值一九三二年。
参加红军陈善模，一九三四十月间。
怀揣自编之草鞋，踏上长征路艰难。
善模受伤人牺牲，陈罗寿刚两岁半。
为了生计打草鞋，一干就是好几年。

陈罗寿愿打草鞋，各样工具皆齐全。

一天能编五六双，现在人老有所减。

陈老汉他整天忙，急坏儿孙和老伴。

对他这种执着劲，不够理解很自然。

陈罗寿他有理念，草鞋作坊更怀念。

想起当年之红军，经常思念亦挂牵。

革命传统不能丢，不管过去多少年。

张振汉的故事

二方面军长征队，特殊人物系要员。
蒋军之中一中将，他的名字张振汉。
他跟红军去长征，听我仔细道根源。
一九三五春夏间，中央红军长征难。
湘西二六两军团，湖南军阀重兵牵。
当年之际六月间，国共两军开激战。
红军湘鄂设埋伏，活捉师长张振汉。
炮兵出身军校训，老将赏识不一般。
张振汉此放狂言，抓住贺龙可升迁。
没想到被贺龙抓，押到我部之军团。
贺龙给他一杯水，幽默之说你就犯。
张振汉他心发慌，一定杀他不废言。
红军对他很优待，治病救伤政策宽。

此时感动张振汉，为民服务痛改前。
红军围攻龙山点，缴获山炮无使唤。
张振汉去开两炮，城门打开贺龙赞。
萧克见张水平高，安排他当教导员。
人讲败仗被转胜，技术无有阶级观。
红军白军皆可用，技术本领是关键。
中央红军长征后，选择突围系重点。
张讲国军薄弱点，重要参考价值观。
领导为他配骡子，同时派了警卫员。
陡峭难行过雪山，骡子突然失蹄前。
红军战士到谷底，找到奄奄张振汉。
此时骨折鲜血流，战士抬他再往前。
雪山上空气稀薄，战士人人把气喘。
此景感动张振汉，热泪盈眶有感叹。
红军艰苦过草地，粮食比金还值钱。
干粮救济张振汉，灵魂深处受感染。

振汉思想有转变，为民服务心情愿。
民族希望他认同，随后接妻来延安。
此时抗战已爆发，主席找到张振汉。
统战工作很重要，让张回返将他劝。
并说过去不放你，实是考虑你安全。
张经劝说别延安，回到蒋军之中间。
此后虽不受重用，自身经历莫真言。
张即宣传红军好，湖南起义他动员。
他为革命出了力，解放长沙做贡献。
新中国成立之后，长沙副市长身兼。
全国省市政协会，他是当然之委员。

为了锅

炊事班里人不多，五个战士齐干活。
遇到一个大难题，谁都不愿背“黑锅”。
可别小看这口锅，关系红军你和我。
用它烧水洗烫脚，然后才是把饭做。
粮食饮具有人挑，谁要背锅心龌龊。
大家想出好办法，表现不好来背锅。
明天出发谁来背，大家同声提大郭。
大郭其实并不大，二十五岁刚刚过。

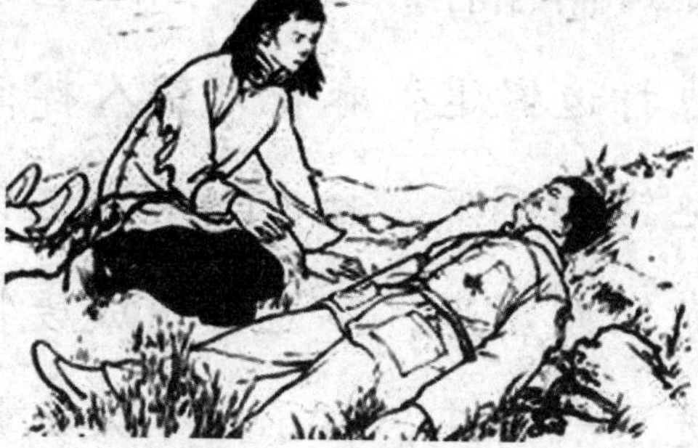

名字全称郭春花，参加红军两年多。
她的丈夫白匪杀，她到部队来干活。
没有文化没特长，炊事班里把饭做。
个高说话嗓门大，经常正话反着说。
惹得别人不高兴，吵架拌嘴不快活。
那天洗菜摔了盆，班长让她来背锅。
梗着脖子她开说，班长你别欺负我。
次日出发不理人，自己先走背上锅。
突然天空下大雨，大家骂天她顶锅。
一会突然下雹子，叮当作响大家躲。
她却得意心里乐，吹起小曲心快活。
走到贵州桐梓时，敌人突然来包抄。
部队边打边撤退，春花顶锅人摔倒。
起身把锅卸下来，救我一命靠这锅。
弹片崩锅大窟窿，不能再用成废物。
部队进了一村庄，打了一个大土豪。

别人忙着分东西，她拿铲子撬铜锅。
她高兴说这可好，谁也不用背黑锅。
走路越来越艰难，连续行走一月多。
敌人飞机飞上天，追兵地上没停过。
炊事班里几个人，作战常被打散伙。
一天敌机狂轰炸，弹坑布满似脚涡。
来不及躲之战士，被炸血肉地上落。
班长赶上部队时，悲惨情景眼掠过。
春花倒地面朝天，胸前鲜血流很多。
看见班长走过来，喘着气对班长说：
班长你看锅没事，我用身体掩护着。
大家把锅解下来，锅沿上面血滴落。

红军虎将谢嵩

工农红军有一员，号称虎将军内传。
他的名字叫谢嵩，原名谢晓云在前。
时间一九〇三年，出生湖南邵阳县。
一九二四入湘军，旧部队中把军参。
一九二八年七月，平江起义他参战。
同年加入共产党，参加红军喜开颜。
时值一九三〇年，他在红军五军团。
特别大队大队长，他将这个职务干。

后到七军十九师，五十五团团长兼。
其后又到三军团，负责四师十二团。
历次苏区反“围剿”，他皆率兵冲在前。
第五次反“围剿”中，大洋嶂地有一战。
指挥部队殊死拼，自己亲临第一线。
以少胜多得胜利，上级授予模范连。
谢嵩作战很勇敢，指挥机敏又果断。
身先士卒好榜样，五次负伤身复原。
同年十月长征始，确保中央之安全。
奉命率军十二团，广东方向把路赶。
主力部队转移后，他部同敌来周旋。
巧妙甩掉敌追兵，回到主力部队间。
长征途中常率部，主攻任务多承担。
曾经四次渡赤水，参与攻占娄山关。
红军长征战事多，谢嵩屡次战功建。
红军到达陕北后，陕西省内挑人选。

他任军事参谋长，参与二十九军建。
副军长兼参谋长，军长一职任在肩。
东征西征战役中，率部积极去参战。
受到周恩来表扬，毛泽东亦高度赞。
抗日战争爆发后，派他去晋上前线。
他在战地运委会，作战科长他承担。
红军游击第一路，他任纵队司令员。
时值一九三七年，汇报工作赴延安。
途中车祸负重伤，绥德牺牲在翌年。
谢嵩临终三十五，英年早逝共怀念。

红军华佗

红军长征多艰险，身患疾病常出现。
妙手神医傅连暲，“红色华佗”美名传。
时值一九二五年，连暲降生在福建。
长汀县一贫寒家，全家信教很诚虔。
医科学校毕业后，汀州红十字公干。
主任医师为本职，福音院长为头衔。
医术高超成名医，国民党让管医院。
委以少校医处长，被他拒绝陈词严。
时到一九二五年，结识闽西我成员。
邓子恢来影响他，福音医院他搬迁。
医院迁到红都城，瑞金红色医院添。
整个医院献红军，并把多年积蓄捐。
傅连暲入红军后，妻刘锡福受牵连。

国民党将她杀害，下落不明孩儿散。
红军长征出发前，他患疾病黄瘦脸。
组织劝他留汀州，但他长征意志坚。
白天赶路急行军，背箱巡诊在夜间。
医术精湛细入微，抢救无数指战员。
其中包括毛泽东，周恩来等在其间。
长征途中路漫漫，流行疾病多泛滥。
如不有效来预防，不断蔓延有后患。
卫生常识他宣传，卫生保健是关键。
红军翻越雪山前，他向军委述己见。
要求全体指导员，喝上辣椒汤一碗。
为了大家抗风寒，每人要带辣椒面。
这一措施真很灵，保障红军过雪山。
红军长征困难多，缺医少药一大难。
利用特殊之身份，基督教徒做遮掩。
沿途教堂找药材，燃眉之急常趋缓。

他还动员指导员，就地取材中药剜。

止血消炎方法教，减少红军伤病员。

红军到达延安后，处长院长他身兼。

他结识了白求恩，国际主义大宣传。

他们两人成密友，共同事业心相连。

一九三八年九月，共产党内添一员。

傅连暲他入了党，完成身份之转变。

手榴弹壳

杨崖集乡陇西川，隶属甘肃会宁县。
山清水秀景色好，树木翠湖两面山。
民风淳朴好山村，红军故事留民间。
一九三五年九月，江西红军住几天。
根据当地老人讲，红军刚到村里边。
国民党与反动派，愚弄百姓反宣传。
村民不明其真相，躲避红军堡子间。
红军看到此情况，停止进攻多静观。
红军与众来对话，介绍情况自宣传。
红军为咱老百姓，打倒土豪把身翻。
路过此地要北上，开赴抗日第一线。
群众打开堡子门，红军乃在堡外边。
为不打扰老百姓，安营扎寨纪律严。

有个村民李万胜，红军住他家里面。
二十多名小战士，李万胜他帮做饭。
李万胜写回忆录，战士杂活抢着干。
盛饭舀水皆排队，扫地打水很规范。
他同居内小战士，是位青年通信员。
于是明白很多事，兹因他俩细聊天。
十月二日这一天，主力红军奔渭县。
目的地到陇西川，整装待发准备完。
此日东去界石铺，依依不舍心相牵。
通信兵在临别时，送给万胜物留恋。
手榴弹壳送给他，革命友谊记心间。
直到一九八六年，李万胜将弹壳献。
捐给会宁纪念馆，感人故事代代传。

红军井

时值一九三三年，贺龙率领三军团。
摆脱四省反动军，时又一九三四年。
一月十日这一天，晚上抵达石柱县。
沙谷乡之猫圈坡，土家族人居住点。
时值冬天遇干旱，四十多天无雨见。
溪河断流井干涸，群众引水实在难。
猫圈坡有一口井，群众为水多争战。
红军到此人增多，吃水成了老大难。
平民百姓爱红军，主动让水成经典。
自己山下去挑水，多少艰辛自承担。
贺龙知道此件事，马上叫来卫生员。
饮水卫生多讲解，面向群众多宣传。
亲自带领几战士，马不停蹄寻水源。

终于在下院子里，一处浸水被发现。
连夜动工挖水井，何惧地冻与天寒。
一股泉水终涌现，大家高兴乐似仙。
贺龙指挥砌好井，群众吃水不再难。
红军走后说也怪，井水终年永不干。
土家族人深感动，仙井神井美名冠。
贺龙活龙常相连，饮水永远应思源。
一九八二十二月，石柱政府做决断。
将井命为红军井，革命精神代代传。

红军渡

边座小城在湘南，史称道州后道县。
悠悠潇水穿小城，风景诱人常留恋。
早在一九三四年，八月十七这一晚。
西进红一方面军，悄悄兵临城下边。
远望潇水河之畔，小城灯火犹星点。
国民党之保安团，拆除浮桥过河难。
潇河对岸筑工事，架起机枪设防线。
盛夏之夜风灼热，耿飚指挥先遣团。

运筹帷幄他指挥，泅渡潇河抢对岸。
红军战士跳下水，渡河对岸优势占。
迅雷不及掩耳势，一举歼灭保安团。
当地群众皆帮忙，古老浮桥又重建。
为给红军开通道，人民群众做贡献。
时到十八日拂晓，红军浩荡过道县。
步入湘江战役前，迈向胜利基础奠。
当年浮桥今尚在，一百三十米桥宽。
铁船木板连成线，两条铁链牢牢拴。
承载来往众过客，连接八方通四面。

注：在桥头，有两块石碑十分显眼，一块雕着“红军渡”，另一块刻着“县级文物保护单位”。本文参考了《人民日报》2006 年 10 月 22 日第 08 版。

无名小红军

时值一九三六年，十月初之有一天。
中国红军大会师，进入甘肃会宁县。
有个红军小战士，年龄十五岁刚满。
他随首长进驻到，魏鸿儒之家里边。
红军群众较陌生，从害怕到信任感。
房东儿子刚四岁，名叫魏煜小帅男。
总是跟着小红军，时常出现在眼前。
十月五日这一天，街上标语刚贴完。

小魏煜也跟着去，突然敌机来投弹。
魏煜吓得摔地上，小红军用身体掩。
魏煜被压在身下，伤了左腿与手尖。
血肉模糊小红军，惨不忍睹生命献。
孩子父亲闻讯后，看到儿子较安全。
血泊中抱小红军，嘶声天地在呼唤。
为了表达感激情，将他埋在祖坟边。
魏煜伤势渐好转，多亏红军卫生员。
红军离开会宁县，一位首长特嘱言。
将来孩子长大后，娶妻生子把家传。
希望支持咱红军，继续长征永向前。
岁月如梭儿长大，时到一九六〇年。
结婚先后生三子，父亲嘱托记心间。
三子依次叫继征，续征长征三征连。
“继续长征”好寓意，光荣传统代代传。

红军女战士杨献珍

父亲打铁为生济，一贫如洗家贫寒。
献珍与兄两个人，从小均未把书念。
一九三二十二月，李先念和徐向前。
率领红四方面军，从鄂豫皖到皖南。
川东巴山在其内，建立苏区在川陕。
红军到此来之前，广大妇女处深渊。
红军到达此地后，解放妇女做宣传。
三次召开妇代会，组织工作大开展。
川陕根据地扩大，妇女纷纷把军参。

杨献珍年十六岁，成了红军之一员。
一九三三年三月，就在四川通江县。
妇女成立独立营，四百多人四个连。
献珍积极思想好，她被独立营挑选。
开始训练就爬山，跪步射击又投弹。
红军战士不掉队，不怕苦累不怕难。
从事宣传和鼓动，配合主力直参战。
生产运送军需品，抢救护理伤病员。
红军队伍再扩大，独立营扩独立团。
直接管辖三个营，人数一千二百员。
同年部队又扩编，成立妇女第二团。
一九三五二月间，妇女独立师组建。
当时人数一万多，时间正值长征前。
献珍一生多参战，多处受伤流血汗。
一九三五年三月，月首之初某一天。
红军休息烧开水，炊烟敌人已发现。
敌人飞机空中悬，来回盘旋投炸弹。

炸死炊事班八人，弹距献珍三米远。
敌机三轮又投弹，一位女兵起身站。
献珍速猛扑过去，将她压在身下边。
醒来之后战友说，她已昏迷一整天。
献珍左腿多处伤，医院疗养十五天。
长征途中雪山陡，空气稀薄刺骨寒。
一望无际大草原，千难万险只等闲。
红军翻越夹金山，鼓舞士气做宣传。
献珍与其战友们，十字路口打快板。
半山腰上唱军歌，站在风口冻破脸。
嘴唇裂开大口子，呐喊助威她依然。
献珍所在独立师，两次越过大雪山。
先后三次过草地，河西走廊与敌战。
敌人围攻情况下，又与组织已失联。
同志大部已牺牲，祁连山下人长眠。
妇女姐妹人一万，活下来的屈指算。

天宝的来历

一九一七年二月，天宝出生在四川。
马尔康县党坝乡，桑吉悦希是名原。
这是藏族居住区，按既有风俗习惯。
男孩进寺当喇嘛，桑吉悦希有哥仨。
他是老大进寺院，一干就是很多年。
他所在的党坝乡，位于阿坝地东南。
平时外地来人少，交通十分不方便。
这座寺院规模小，只有二十二成员。
没有活佛大喇嘛，桑吉同伴藏经念。
天赐地逢红军到，那是一九三五年。
红军撤出川陕区，转到阿坝之地面。
红军第四方面军，等待中央红军前。
两军准备大会师，期盼部队大团圆。
共产共妻灭族教，国民党造大谣言。

藏民群众大恐慌，误解红军逃上山。
光脚不怕穿鞋的，桑吉此时很大胆。
加上喇嘛之身份，他留下来护寺院。
藏民躲在树林里，偷偷把红军察看。
红军部队纪律严，不住民房和寺院。
对待藏民态度好，语言不通笑开颜。
打着手势来交流，不把群众来侵犯。
胆子大的年轻人，蹑手蹑脚摸下山。
他们惊奇地发现，与敌宣传正相反。
红军和咱一条心，打倒土豪分其田。
处处为咱穷人想，红军藏民共迎欢。
群众送茶送鸡蛋，有的要把军来参。
桑吉当年十八岁，参加红军成一员。
参军藏族青年中，他懂藏文不一般。
任命他为副队长，专为红军筹粮款。
不久加入共产党，成为中共之党员。
一九三五年八月，他随左路军赴前。

四方面军过草地，桑吉工作有改变。
调到藏民独立师，青年部长任在肩。
师员大部为藏族，尤擅骑射身彪悍。
负责全军之警戒，桑吉脚忙从不站。
广阔地区来回跑，随首长把基层看。
第三次过草地前，红军总部令在先。
每人粮食十五斤，红军人数好几万。
桑吉带着众队员，寻粮处处做宣传。
功夫不负有心人，动员群众和寺院。
积存多年之青稞，连同茶叶一起捐。
长征结束到陕北，成立党校民族班。
任命桑吉为班长，领导授课当教员。
一周一次可保证，毛朱周等常轮换。
主席党校来讲课，党员聆听心震撼。
下课学员自欢送，主席点上一支烟。
能否听懂我讲课，和蔼可亲问学员。
大家表示听懂了，主席高兴把头点。

主席走到桑吉前，欲想与他说长短。
领导说他是班长，主席幽默开了言。
了不得嘛当领导，还带“长”字不简单。
桑吉有些难为情，不好意思涨红脸。
主席拍着他肩膀，你的名字可展现。
得到回答主席问，桑吉悦希怎解堪。
此时桑吉真害羞，摸着脑勺开了言。
“桑吉”乃是佛祖意，“悦希”俗称宝贝蛋。
主席一听又乐了，佛祖宝贝你全占。
然后对着大家说，大家都是英雄汉。
党和红军之财富，上苍佛祖皆看见。
主席此时兴致高，对着桑吉开了言。
长征路过你家乡，藏族同胞做贡献。
“物华天宝”汉古语，“桑吉”与此亦沾边。
我给你取这个名，就叫天宝可如愿。
主席话音刚落下，大家鼓掌好声连。
“天宝”名字传延安，幸运吉祥永相伴。

红军英雄毛振华

虎胆英雄毛振华，出生一九一〇年。
他的籍贯系湖南，担任贺龙警卫员。
南昌武装起义后，虎胆英雄军中传。
一九三五年一月，红军打了乌江战。
振华带领八战士，突击任务他们担。
时值寒冬水刺骨，潜入水中拉绳线。
奋力游向对岸去，不料已被敌发现。
江中绳子被打断，他们被迫又回返。
天降大雪到深夜，三个竹筏去江面。
不惧江中水流急，他和四人上对岸。
他们潜伏岩洞里，等待雄鸡唱亮天。
红军受命施强攻，五人杀敌很突然。
迅雷不及掩耳势，压制敌人火力前。

保证红军大部队，渡过乌江之天险。
一九三五年九月，直到十七日夜间。
红军途经腊子口，这个障碍又天然。
振华带领一个连，松下绑带拧绳线。
攀上腊子口东南，这里山陡石崖悬。
突现敌人之背后，犹如神兵天降般。
这次战斗立大功，打得敌人四处窜。
时值一九三五年，十月十四这一天。
红军陕甘之队伍，行至甘肃省环县。
消灭地主武装时，振华牺牲在阵前。
当年刚刚二十五，英年早逝真遗憾。
红军到达吴起镇，那是事后第五天。
宣告长征已结束，振华未见这一天。
杨成武曾悲痛说，我失虎胆将一员。

一家八口当红军

一片茫茫大草原，有一故事至今传。
为了采访老红军，记者来到红原县。
红军名叫罗尔伍，思绪清晰忆从前。
老人原名侯德明，务农为生日子难。
自从红军到此地，一家八口把军参。
时值一九三五年，十一月中有一天。
红军三六两军团，始发湖南桑植县。

父亲率领全家人，跟着贺龙上前线。
长征路上时不久，侯氏一家全都散。
虽然都是过草地，方向不同有正偏。
时间从那时候起，我只见过父一面。
与父聊了一小时，地点贵州季夏天。
德明万万没想到，八人此后未谋面。
长征途中家人们，有的牺牲又失散。
只有父亲侯清芝，走入陕北到延安。
解放回到湖南省，县武装部系公干。
当时红军队伍里，侯德明当小号员。
队长悉心照料他，顺利走出大草原。
急行军遭蚊子叮，道路泥泞沼泽险。
连走两天脚都肿，随后两脚都溃烂。
从此得了皮肤病，终于掉队气息奄。
几个藏民骑马过，见他此状伤很惨。
赶快把他扶起来，抬上马背往家返。

从此他有新名字，“罗尔伍”系藏语连。
究其含义是宝贝，游民放牧马帮干。
生儿育女在藏区，成为藏民男子汉。
虽然变身为藏民，故乡亲人他思念。
大约二〇〇四年，罗尔伍他回湖南。
回到故里传佳音，终与父亲见了面。

红军“菩萨”

一九三五年一月，红军遵义休整间。
南关镇桑木垭村，驻有红军卫生院。
曾记当时某一天，一位老人重病缠。
他的孩子来部队，找到红军卫生员。
卫生员问情况后，请示首长获批件。
冒雨出诊赶路程，夜留他家静察看。
清晨起来第二天，卫生员起拉门栓。
看到门前晒场上，群众来此人挤满。

原来全村都知道，不胫而走此家赶。
大家都来看疾病，卫生员又留一天。
当第三天离开时，村民欢送热泪含。
时间并未过多久，一阵枪声耳边传。
村民急忙赶到后，血泊中见卫生员。
满腔愤怒心中忍，将卫生员葬路边。
随后坟前立石碑，“红军坟”字刻上面。
不知此人名与姓，只知他是卫生员。
“红军菩萨”众人称，烧香祷告到坟前。
红军走后敌疯狂，多次挖坟把路垫。
为了保护红军坟，乡亲集思办法想。
敌人白天铲平后，村民堆墓在晚上。
群众对外放言说，坟挖以后它还长。
坏人不敢再挖坟，一直延续到解放。
当地政府支持下，遗骨陵园来迁葬。
为了体现母之爱，卫生员塑女形象。

后人站在塑像前，革命先烈来瞻仰。

经过组织上考证，这个红军卫生员。

当兵红军十三团，二营战士性别男。

广西壮族区籍贯，他的名字龙思泉。

独腿长征人

一九三五年二月，红三军团刚整编。
三军团原各个师，整编后为四个团。
二十一岁钟赤兵，系原五师政委干。
改任十二团政委，指挥夺取娄山关。
因他腿被子弹穿，拖着伤腿上前线。
二次占领遵义后，他被送进军医院。
经过医生细检查，截肢手术已定案。
当时医疗条件差，没有麻药止疼难。
将其绑在门板上，工具锯子柴刀砍。
锯子发出刺耳声，犹如万箭穿心间。
始终没有哼一声，强忍疼痛意志坚。
十五岁之小护士，从未见过这场面。
手术没有消毒品，几天伤口即感染。

高烧持续又不退，死神即将把他牵。
二次截肢方案定，右腿膝下全切完。
不料手术做完后，伤口仍继续感染。
万般无奈情况下，从股骨根又锯断。
部队继续在长征，去留组织定方案。
正当举棋不定时，中央首长将他看。
钟赤兵他含泪说，让我留下我不干。
爬行也不离红军，跟上部队是我愿。
毛泽东即做指示，抬他北上到前线。
钟赤兵他有战功，怎能丢下他不管。
妥善安排钟赤兵，他被调进休养连。
随着中央直属队，行军一条腿跛颠。
一九三五年八月，钟所在之休养连。
由川西北又出发，衣服单薄爬雪山。
克服艰难过草地，曾经千难与万险。
走平路时担架抬，遇到悬崖爬上前。

部队进入彝藏区，反动武装袭不断。
红军继续行军时，尽量隐蔽和疏散。
缩小行动之目标，拄着双拐步艰难。
凭着理想和信念，意志坚强克难关。
最终到达目的地，实现陕北大团圆。

八岁女孩长征

苏力一岁那一年，父亲因病离人间。
母亲体弱又多病，迫于无奈抽鸦片。
就在七岁那一天，卖给地主当丫鬟。
地主那家人好狠，把她绑起抽皮鞭。
额头左手留刀印，五次逃跑未幸免。
一九三四年秋天，红军到达青川县。
敌人造谣说红军，一帮土匪杀人犯。
地主领家带佣人，连她一起带上山。
苏力听说红军好，专救穷人把身翻。
她与两个好姐姐，摸黑连夜赶下山。
另外两人怕地主，走到路口又回返。
苏力此年刚八岁，当人丫头受磨难。
地主家人虐待她，吃不饱亦穿不暖。
苏力此时下决心，一定要把红军参。

身材瘦小衣破烂，欲想被服厂里干。
连续四次被拒绝，说她太小未成年。
第五次她又报名，将她收下心如愿。
大姐问她会干啥，她说缝衣钉扣眼。
当场钉好几个扣，大姐表扬她能干。
红四方面军队里，多了一位小女孩。
部队西渡嘉陵江，开始长征上前线。
苏力随着部队走，长征她才有概念。
行军时过一月后，敌人飞机投炸弹。
战友倒在血泊中，苏力不惧愤怒添。
一次敌机轰炸中，炸弹将落她身边。
一位大姐扑过去，将她压在身下面。
大姐流血人牺牲，苏力生命战友换。
一九三五年五月，成立妇女独立团。
苏力此时被编入，她当团长通信员。
团长名叫张琴秋，赫赫有名不虚传。
小苏激动歌三首，心情激动舞翩翩。

其后三次过草地，脚踩草根可向前。
苏力人小身体轻，从未掉进烂泥潭。
踩到结实之草根，她在上面跳得欢。
吓得大人忙警告，向她连连喊“危险”！
后来苏力掉了队，一位大姐做陪伴。
遇上一位红军哥，身背着她把路赶。
剩下干粮一点点，大哥让她把肚填。
仅有的水给她喝，关心照顾渡难关。
这位大哥十九岁，姓刘籍贯系四川。
背她赶上部队后，他随部队走在前。
抗日战争爆发后，苏力部队做宣传。
抗日救亡匹夫责，勇往直前上前线。
新中国成立之后，她在江西医学院。
第二附院当支书，后调上海工作转。
上海卢湾民政局，副局长职任在肩。

秀才当红军

人名培艺周素园，出生一八七九年。
籍贯贵州毕节人，书香门第在清晚。
他十六岁中秀才，中贡生在后三年。
其后教书在毕节，辛亥革命他亦参。
任职贵州军政府，秘书长职他承担。
他看透了国民党，脱离政界在家闲。
闭门不出整十年，马列著作来精研。
一九三六年二月，毕节解放亮了天。
有人劝他快逃走，他却来把红军参。
出任前委会主任，参与红军之扩建。
贵州抗日救国军，周素园任司令员。
社会各界他影响，支持红军很广泛。
红军毕节休整期，人数增加超五千。

红军北上抗日时，他已接近花甲年。
并向组织提出来，随军行动他自愿。
三月一日这一天，他随红军六军团。
联系滇军其中立，红军顺利过四川。
撰文揭露国民党，电台即向全国传。
历经千辛与万苦，走完长征到延安。
抗日解放两战中，凭他威望多斡旋。
为八路军募药品，解决急需物与钱。
新中国成立之后，西南军政任委员。
其后就任副省长，革命事业做贡献。

为遵义会议站岗

红军战士陈志万，一十三岁把军参。
二万五千里长征，历任排长指导员。
新中国成立之后，江苏省军区公干。
担任后勤副部长，数枚勋章挂胸前。
一九三〇年六月，地点江西泰和县。
自从红军到此地，土地革命大开展。
赣江周边几十县，轰轰烈烈史无前。
陈志万入少先队，站岗放哨情报传。
他十三岁当红军，独立五师某个连。
一九三四年十月，参加长征在上前。
行至广西患疟疾，一下病倒在路边。
杨成武任团政委，正骑黄马停下观。
将他扶上鬃马背，自己则走整三天。

戎马一生他自豪，遵义会议把岗站。
时值一九三五年，一月十五这一天。
中央遵义召开会，当时他在红一团。
警备连里当排长，任务负责守公馆。
许多红军之首长，出出进进他眼见。
会场看似很轻松，但会开得很艰难。
火药之味十分浓，主席李德都吸烟。
与会代表都发言，博古李德两难堪。
下午开会到深夜，一连整整开三天。
会议刚刚一结束，刘伯承把精神传。
三人军事指挥组，毛泽东他把头牵。
敌人兵力四十万，红军力量才三万。
英明领袖毛主席，领导把敌鼻子牵。
陈志万他又升任，四团三连指导员。
四渡赤水他参与，飞夺泸定抢着干。
刚刚强渡大渡河，腊子口他又参战。

长征途中他体会，主席用兵如神仙。
草地沼泽艰难行，饿着肚子走七天。
历经艰险到陕北，毅然决然去抗战。
连队加入八路军，一一五师他在编。
抗战第一大胜仗，平型关战捷报传。
陈志万腿中子弹，胫骨腓骨被打穿。
经过半月伤好转，他被送回到延安。
红军医院条件差，“锯腿”通知摆面前。
蓝眼睛之外国人，脸庞瘦削床边站。
自我介绍白求恩，今日手术他承担。
伤口取出缠纱布，十一大块被血染。
他一条腿未保住，拖着伤腿又抗战。
解放战争他参加，革命事业做贡献。

秀山“红军洞”

一九三四年十月，会师二六两军团。
主力挥师向东进，根据地在湘西建。
王光泽和段苏权，师长政委各在肩。
留在黔东打游击，经过一月之苦战。
七百多人剩三百，弹药奇缺给养难。
为了冲出包围圈，保存力量在发展。
十一月又二十六，独立师达黔秀山。
冲击敌警中队时，段政委身中枪弹。
右踝骨骼受重伤，他与部队已失散。
时过夜晚第二天，车田村民突发现。
一个满身血污人，躺在岩坎不动弹。
此时此刻一瞬间，来了一名敌防团。
发现这个伤员后，说要把他送西天。

村民名叫李木富，一个箭步上前拦。
说他脚杆都断了，留他一命你行善。
团防一把推开李，不关你事何管闲。
拿起刺刀要动手，李木富他多美言。
李在团防缝过衣，打工糊口一月间。
他也认识这个人，说是积德老天看。
顺手挡住了刺刀，团防搜身伤病员。
兜里搜出一子弹，还有一块大洋元。
李木富推团防走，东西拿走就算完。
团防被李劝走后，李背伤员庙里边。
他送去水和饭菜，伤口慢慢亦擦干。
让他睡到稻草上，一直陪他第三晚。
又把伤员背回家，安在屋后洞里边。
这个伤员段苏权，伤口化脓已溃烂。
李木富去找药师，治疗时间一月间。
勉强能走即上路，李送百文做盘缠。

转眼又过几十年，全国解放又一天。

苏任军事院政委，六届人大常委员。

虽然已年近古稀，救命恩人记心间。

一九八三年冬月，段政委他到秀山。

寻找当年那山洞，记忆犹新心缠绵。

走乡串户探老人，恩人牢记在心间。

长征中的丁德山

红军战士丁德山，出生一九二〇年。
一九三六年入党，历任师长司令员。
红军功勋荣誉章，八一勋章挂胸前。
独立自由勋章获，解放勋章在其间。
一九三二年春天，家乡来了红军团。
丁德山年十二岁，他要去将红军参。
年小个矮未通过，两次失败他又三。

事先准备一块砖，垫在自己脚下面。
如愿以偿当红军，分配他当卫生员。
红三十军之政委，部队首长李先念。
听说德山之情况，便对卫生队长言。
小鬼跟我一起走，一路行军走在前。
一次敌机扔炸弹，腿受伤者丁德山。
因为部队没有药，伤口愈合实在难。
李先念见此情况，让他骑骡背上面。
后来腿伤更恶化，伤口流脓肉腐烂。
用手抠去伤口蛆，抠完继续把路赶。
红军会师懋功后，就让他回卫生连。
三过雪山和草地，经历千难与万险。
初进草地之时候，稀疏树木还可见。
再往草原深处走，一望无际草无边。
消息不断又传来，前面战友陷泥潭。
每人小袋青稞麦，雨湿之后成糊团。

身上干粮吃完后，草根树皮把肚填。
后来无奈杀骡马，草根皮带无食盐。
红军将爬雪山时，气温低得心胆颤。
他们倒着往上走，脸面朝下腚朝天。
不能停下来休息，歇下耳鼻会冻残。
穿越雪山和草地，来回三次做往返。
长征途中丁德山，每次战斗冲在前。
身负重伤十二次，肩膀和腿被打穿。
有时肚肠流出来，伤好继续上前线。

红军战士蒋克敏

红军战士蒋克敏，籍贯陕西镇安县。
一九一六年出生，少时家里很贫寒。
在他十六岁那年，看到红军四军团。
打倒土豪和劣绅，穷人分粮亦分田。
为了摆脱家困境，强烈愿望把军参。
一九三四年冬天，红廿五军到镇安。
在镇安和山阳境，立即开展游击战。
蒋克敏去山阳县，姬家河岸把军参。
他被分到廿五军，第二二五这个团。
二营六连当战士，当年冬天就参战。
在蔡玉窑战斗中，红军歼敌一个团。
以后随军做迂回，湖北郧西和陕南。
一九三五年春天，他随红军到洋县。

华阳镇上打敌人，敌警二旅全被歼。
折回柞水九间房，敌警三旅被打散。
继而东进洛南城，其后又到丹凤县。
敌人派遣庞炳勋，一个师围红军团。
红军山阳丹凤战，接着直插商南县。
伪保安团五百人，拼命死守荆紫关。
耳闻红军敌丧胆，屁滚尿流自逃窜。
敌调四十四师部，清油河西围剿战。
红军决定要转移，边走边打破万难。
红廿五军向湖北，遇杨虎城一个连。
敌人连长被打死，系我地下党员干。
还有敌军六十人，起义来把红军参。
红军战士蒋克敏，大小战斗近百战。
一九三五年十月，他随红军到陕甘。

红军四方面军妇女独立团女团长

女性部队成建制，世界史上也罕见。

红军第四方面军，成立妇女独立团。

一九三五年三月，组建独立师扩编。

英勇善战女红军，比男红军多付艰。

妇女运动历史上，创造奇迹世人赞。

带领部队女团长，南征北战经考验。

叱咤风云英姿飒，巾帼豪杰不一般。

（一）刘伯新团长

红军女兵刘伯新，出生安徽六安县。
时值一九二九年，刘伯新她把军参。
红军医院当护士，参加作战鄂豫皖。
一九三二年十月，她在四军后勤干。
女工厂任副营长，直到一九三四年。
红四军组妇女营，刘伯新任教导员。

一九三五年二月，组建妇女独立团。
刘任第二团团长，壮烈牺牲在前线。

（二）曾广澜团长

红军女兵曾广澜，出生江西吉安县。
时值一九三〇年，曾广澜将红军参。
时任政治保卫局，预审科长她承担。
其后工作得调动，妇女独立团长兼。
后任第二团政委，长征随军上前线。
一九三六年十月，任先锋团特派员。
新中国成立之后，就职吉安中法院。
担任法院副院长，为党事业做贡献。

（三）陶万荣团长

红军女兵陶万荣，出生湖北麻城县。

时值一九二九年，陶万荣将红军参。

在红四军政治部，担任队长搞宣传。

后调妇女独立营，营长一职她承担。

一九三五年四月，又调妇女独立团。

担任第二团团长，参加长征在同年。

新中国成立之后，她进辽宁省高院。

人民法院副院长，其后退休度晚年。

红军高级之指挥员——李灿

原来名叫李文彬，后又改名叫李灿。
出生一九〇一年，籍贯湖南宜章县。
一九一八入湘军，他在二师第六团。
一营二连当战士，人被编在第二班。
一班之长彭德怀，两人如同兄弟般。
李教彭德怀认字，彭来教他常操练。
营部文书黄公略，李黄相识多情感。

目睹军阀太腐败，七名士兵密串联。
时值一九二〇年，救贫组织已新建。
此时李文彬改名，追求光明叫李灿。
时至一九二二年，他入湖南讲武班。
一九二六年任命，二师一团为副官。
他在北伐战争中，攻打武昌他参战。
二六年入共产党，江平起义亦率先。
全团士兵委员会，李灿参与在其间。
起义当天他宣布，脱离国军红军参。
起义成功先后任，红第五军军委员。
担任一团党代表，第五大队队长兼。
同年底随主力军，快速挺进井冈山。
一九二九年伊始，参加黄洋界之战。
后任湘赣独立团，第一团长他承担。
后来他到红五军，第五纵队司令员。
九月挺进鄂东南，攻取阳新和南山。

包含大冶三个县，所向披靡一月半。
缴获大炮十余门，机枪步枪已过千。
群众奔走来相告，迎接红军天地欢。
队员一千变四千，两个支队为新编。
大冶起义他配合，红五纵队大发展。
三个支队军威振，人员规模超六千。
一九三〇年春天，他率部队多转战。
包括大冶和威宁，连战连胜捷报传。
初步打开鄂东南，扭转战事新局面。
同年六月他奉命，组建红军三军团。
筹建工作结束后，红八军长他承担。
激烈战斗多负伤，久病不愈恢复难。
一九三〇年七月，被送上海疗养院。
一九三二年之初，请求中央工作干。
被国民党捕入狱，不久就被敌人斩。
英勇就义献生命，三十一岁正英年。

红军战士王玉清

时值一九三五年，十一月初某一天。
红军二六两军团，解放贵州黔西县。
此时流浪王玉清，只身跑来热闹看。
敌人造谣四处说，红军杀人不眨眼。
贺龙部队“红胡子”，地主编造到处传。
说红四军吃小孩，解决饥饿把肚填。
亲眼看了他发现，红军对人很友善。
对待百姓很和气，对待地主很凶残。
王玉清常受人欺，离家逃荒受苦难。
此时他去报了名，毅然决然把军参。
分到红二军团部，当了无线电台员。
参加红军第四天，部队离黔多转战。
利用行军之间隙，他把电台业务钻。
他在直属部队中，贺总对他很喜欢。

一九三六年三月，就在贵州三盘县。
朱德张国焘电令，王玉清他很突然。
要求二六两军团，北渡金沙江对岸。
与四方面军会合，部队西进到四川。
接到电令很高兴，马上拿给贺总看。
蒋介石已察觉到，红军要过江沙岸。
调动部队和飞机，企图把我军全歼。
虽然我占石鼓渡，江上无桥少渡船。
贺老总他很着急，此时一副严肃脸。
他们急忙制木排，代替小船过江面。
马上就要过雪山，搞到粮食难上难。
王玉清和战友们，筹措粮食很关键。
藏民不知红军情，反动势力反宣传。
爬雪山时如登天，不少人与山长眠。
最苦还是过草地，王玉清他粮中断。
班长只有点炒面，帮助小王渡难关。
后来他俩人走散，从此再未逢过面。

干粮皮带皆吃完，野菜吃光找不见。
部队很难成建制，各自前行出草原。
不少战友倒下去，大家互帮把尸掩。
王玉清坐水沟边，三四天亦没吃饭。
看见沟水有小鱼，不敢去捉怕身陷。
绝望之时突想起，军帽上有针和线。
将针烧红弯成钩，即把一线针眼穿。
真是天无绝人路，两条小鱼钓上岸。
高兴之极感觉到，起码还能活几天。
这个方法如获宝，许多战友都借鉴。
新中国成立之后，王玉清即调福建。
任军区副参谋长，直到退休度晚年。
他曾作过一首诗，永远铭记在心间。
“长征路上历艰险，遵义会议转危安；
红军将士是好汉，跋山涉水奔陕甘。
行程二万五千里，三军欢呼大团圆；
中华儿女洒热血，峥嵘岁月打江山。”

红军战士许义华和五叔

一九三四年冬月，红军二六两军团。
贺龙任弼时领导，一举解放大庸县。
初冬某天时下午，义华背着柴出山。
遇见大哥许书生，大哥兴奋对他言。
我到岩口去卖柴，自己已把红军见。
红军说话很和气，对咱穷人很友善。
两件衣服送给我，递给许义华一件。
这件你穿正合适，义华此时泪出眼。

他长大到十五岁，从未把好衣服穿。
就在这个年末时，许义华把红军参。
一九三五年年底，他随二六两军团。
贺龙任弼时率领，桑植出发上前线。
其后红军爬雪山，体乏肚饥风骨寒。
加上空气特稀薄，不断增加伤病员。
首长让马病号骑，大家争背枪药弹。
有人失去了生命，部队继续翻雪山。
过草地时更艰苦，战友牺牲亲眼见。
枣红马背驮病号，一个趔趄陷泥潭。
大家奋力来抢救，把人救下马落难。
他班战士唐宏阶，一脚踩虚身全陷。
只抓住了那支枪，人与泥水永相伴。
义华五叔许庸远，参加革命他在先。
叔侄一起过草地，叔鼓励侄意志坚。
许义华吃野草时，不幸中毒头目眩。

前方有个人掉队，身披夹袄履步难。
越走越近静神看，原是五叔在面前。
两只光脚水草里，脓血顺腿流脚面。
怎么五叔掉队了？义华此时鼻子酸。
五叔吃力做回答，我还要把部队赶。
许义华把干粮掏，剩下青稞只半碗。
递给五叔让快吃，从沟舀水端上前。
五叔催促让他走，许义华才把路赶。
不一会儿天大变，风雨交加雷鸣闪。
不时冰雹砸在头，不知五叔危与安。
许义华他调回头，终于走到小沟边。
五叔一动也不动，光荣牺牲把身献。

杜万荣脚下四落手榴弹

杜万荣入红军前，嘉陵江上他撑船。
一十七岁水性好，潜河侦察被派遣。
手提马刀勇杀敌，很快晋升为正连。
一九三六年十月，主力会师三军团。
杜万荣他随部队，西渡黄河迎新战。
刚过黄河遇敌人，马匪军队集成团。
红军被围一条山，敌人骑兵连成片。
黑压压地往上拥，尸体堆在阵地前。

一条山系一集镇，它属甘肃景泰县。
参战人员已不多，可是战斗仍未完。
杜万荣他心里想，渴望部队来支援。
西路军之各部队，已被敌人冲几段。
远离革命根据地，部队首尾无应连。
一颗炮弹落身边，杜万荣胸有所感。
好像心中有针扎，一股血腥即出现。
他挣扎着想站起，敌又发来一炮弹。
杜万荣感大棒击，一下栽倒地上面。
随后醒来他才知，一分钟内遇两弹。
炮弹碎片击中他，庆幸性命仍保全。
激烈战斗在继续，上级命令他们连。
掩护红军大部队，保障快往凉州赶。
利用马家兵弱点，敌军不宜做夜战。
倪家营子敌炮楼，很快就被我军占。
刚占敌人骑兵来，敌人犹如蛆一般。

全连子弹七十发，只有几枚手榴弹。
战士使用红缨枪，向外捅敌出枪眼。
敌人一炮揭楼顶，战士被掩土下面。
杜万荣他满身血，赶快从土往外钻。
他大声向楼下喊，小伙子们快迎战。
楼下伤员爬起来，血肉模糊尸体现。
坚守战从上午始，一直打到日落山。
连夜打到天边白，弹尽粮绝伤亡惨。
敌人见我没子弹，很快就将战术变。
公然站在云梯上，向炮楼里扔手弹。
手榴弹被扔进来，地上打滚冒着烟。
战士接连倒下去，杜万荣头中弹片。
疼得他眼睁不开，又来四颗手榴弹。
杜万荣他手极快，一一捡起扔外边。
炮楼慢慢往下削，二三排长把身献。
一排长身是火泡，全连仅剩八人员。

天色又将黑下来，杜万荣眼看不见。
由一排长做指挥，继续战斗莫迟缓。
敌人跑到炮楼下，扯着嗓子往上喊：
“红军娃子投降吧，你们已经没子弹。”
敌军官提指挥刀，指着炮楼冲向前。
一位战士称老郝，端着红缨枪开战。
打得敌人四处跑，缴一机枪他回返。
楼上机枪又复活，捡起地上砖头片。
坚守炮楼不放弃，直到深夜仗未完。
突然敌人阵地上，枪声大作乱一团。
我们一听心高兴，那是红军来救援。
一排长持大盖枪，边冲出去边呐喊。
撞见敌人瘦军官，刺刀就把他捅翻。
夺过敌腰二十响，盒子枪里有子弹。
敌人阵地枪声停，红军战士到眼前。
最前面是三十军，军团政委李先念。

杜万荣他眼已坏，耳朵仍然听不见。

杜万荣之一双手，紧紧握住李先念。

心情万分之激动，说不出话声呜咽。

李政委他下命令，撤离阵地我们团。

二六四团来接替，英雄阵地红旗冉。

红军营部设在我家

一九三六年三月，攻打雅江消息传。
国民党把谣言造，说红军为黑白脸。
村民几乎全家躲，深山丛林把家安。
见到红军那一年，马天健刚满九岁。
马父带领三岁弟，躲进老林系深山。
母亲体弱又多病，马陪母亲家里面。
十六日逢太阳端，三个红军到屋前。
经过一番侦察后，部队从他门口穿。

面对人去村子空，红军征求母意见。

红军两到三百名，就在周围扎营安。

四方面军十二师，某营部设我屋间。

红军安营扎寨后，打扫卫生第一件。

挑水劈柴寻常事，喂猪种菜啥都干。

母子一日之三餐，全由红军来包干。

母子亲身体会到，世上这兵实罕见。

那时小马没学上，想学文化难上难。

唐营长在墙壁上，宣传标语一串串。

五十多条大标语，一字一字教他念。

男女平等“红军”提，建立苏维埃政权。

尽管小马不认字，时间一长都记全。

红军临走给他说，营长送笔做纪念。

红军将领徐彦刚

时值一九〇七年，十一月又十一天。
徐彦刚他刚出生，籍贯四川新宁县。
一九二六年考学，军政学校在武汉。
此间加入共产党，其后到达湘赣边。
一九二七年九月，秋收起义他勇参。
参加建立根据地，随部抵达井冈山。
一九二六年二月，他到一师第二团。

担任该团参谋长，军事指挥亦善战。
又调红军第四军，任参谋长在二团。
一二三次反“围剿”，誓死保卫井冈山。
一九二九年伊始，率部开展游击战。
转移莲花和永新，亦把大队长身兼。
一九三〇年一月，调任红军六军团。
担任三队纵队长，攻打吉安率部参。
保卫赣西根据地，斗争艰苦多转战。
时值同年十一月，身调红军一军团。
三军九师之师长，四次反“围剿”亦参。
同年调任湘鄂赣，担任军区司令员。
后兼十六师师长，率部奋战湘鄂赣。
配合中央根据地，五次反“围剿”作战。
一九三四年选为，中华苏维埃委员。
红军主力长征后，任湘鄂赣司令员。
兼红十六师师长，带领军民游击战。

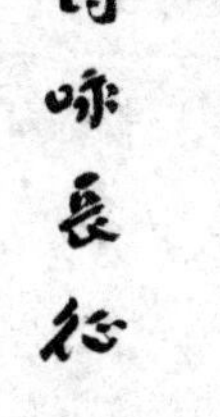

以黄金洞为中心，平江浏阳等各县。

指挥红军十六师，大源虹桥三界战。

一九三五年六月，敌人进行“围剿”战。

他率部队突围时，身负重伤人落难。

九月他被敌杀害，为了革命把身献。

红军特工钱壮飞

时值一八九六年，壮飞出生湖州县。
他参加了共产党，那是一九二六年。
此年报名去考试，被录取在电讯班。
他的同乡叫徐恩，中统特务头目干。
上海无线管理局，徐恩曾把局长兼。
电讯班系徐恩办，照顾同乡很自然。
机要秘书须急配，壮飞被徐亲自选。
打入敌特心脏后，与我中央直接联。

周恩来是他领导，党的秘密工作干。
机智巧妙钱壮飞，搞到徐恩绝密电。
敌人对我大“围剿”，壮飞截获重要件。
及时报告党中央，反“围剿”做大贡献。
一九三一年四月，中央特科出事件。
领导人系顾顺章，武汉被捕他叛变。
出卖武汉地下党，核心秘密向敌端。
上海党中央机关，亦涉红军二军团。
千钧一发之时刻，壮飞截获向党转。
党的组织速转移，赢得宝贵之时间。
钱壮飞回瑞金后，徐恩害怕心胆颤。
不敢泄露此事件，向蒋介石做隐瞒。
徐恩当官这期间，原来密码均未变。
直到红军长征时，侦查敌靠无线电。
红军总能做选择，均可跳出包围圈。
全靠那本密电码，作用发挥不平凡。

一九三四年十月，壮飞长征上前线。
越湘江又过乌江，四渡赤水遵义占。
一九三五年三月，随部到达金沙县。
侦察南渡乌江线，只身进入丛林间。
随即失踪不见人，定为牺牲把身献。
时年刚满四十岁，英年早逝真遗憾。
解放以后真相明，反动民团是关键。
受审头目已交代，抓住一个男子汉。
红军干部他判断，杀死投尸山洞间。
所说外貌与特征，与钱壮飞皆一般。
传奇英雄有结局，我们永远来怀念。

伟大壮举

红军都是钢铁汉，千锤百炼不怕难。
历史长河八十年，往事依稀浮眼前。
一九三四年冬月，中央红军多转战。
湘江血战五昼夜，突破封锁损失惨。
红军六万八千人，人数锐减剩三万。
一九三五年一月，当时红军十军团。
到达江西怀玉山，遭遇蒋军重围战。
方志敏等捕入狱，从容就义献肝胆。
红军主力已撤退，根据地被敌人占。
南方红军游击队，艰苦卓绝斗万险。
党之元老何叔衡，被追英勇跳悬崖。
党负责人瞿秋白，壮烈牺牲震敌胆。
雪山低头迎远客，革命战士斗志坚。

一九三五年六月，红军到达雪山前。
草鞋单衣忍饥饿，辣椒麻片抗严寒。
寒风透骨血不凉，艰难前行越雪山。
一九三五年八月，红军进入西北川。
此地海拔三千五，漫无边际水草原。
草地气候常变化，草滩泥毡扎营盘。
红军女战士长征，参加人员有数千。
行军打仗与男同，宣传鼓动救伤员。
邓颖超和贺子珍，蔡畅康克清其间。
红军长征气势雄，生死相依共患难。
大病初愈毛泽东，担架让给伤病员。
朱德亲自尝百草，不让战士有风险。
彭德怀杀爱心马，为给大家把肚填。
组织宣传为群众，革命火种沿途传。
中央红军长征中，经过湖南蓝山县。
帮助村民灭大火，还给村民留银元。

红军经过藏族区，“菩萨兵”称美名传。
二四军团到云南，缺衣少粮日子难。
秋毫无犯对民众，僧人藏民把粮捐。
几十万斤粮筹集，帮助红军过难关。
红军鲜血民族魂，无数先烈生命换。
丰功伟绩红军创，伟大壮举史无前。

参考资料：红军血民族魂——《伟大壮举，光辉历程》展览中的红军故事（参见《人民日报》2006年10月20日第04版）。

颂延安诗两首

（一）

巍巍宝塔入云端，汩汩延河波涌澜。
生产军民衣食锦，联合国共战倭先。
星光圣地天明早，重压三山众打翻。
盛世今逢源水旺，传承后辈更花妍。

（二）

圣地星光照九州，国民红色乐佳游。
长思宝塔灯通亮，还记延河清水流。
将士英雄炉百炼，青年壮志国千忧。
颂歌天籁载青史，尧舜清明万代秋。

长征精神

一次次绝地逢生，一次次转危为安。
有四支红色大军，初始在八十年前。
十月红军会师后，谱就历史新篇章。
伟大史诗名壮举，长征举世实罕见。
无与伦比震中外，精神丰碑代代传。
长征精神之灵魂，人民利益高于天。
正义事业必胜利，坚定理想和信念。
救国救民之重任，不怕险阻排万难。
红军不惜付生命，个人安危抛一边。
独立自主排干扰，实事求是重实践。
顾全大局守纪律，紧密团结重任担。
紧紧依靠老百姓，生死相依共患难。
长征精神振中国，又将世界来感染。
外国关注我长征，不约而同聚焦点。
英勇顽强经百战，一往无前是关键。

人类历史之丰碑，流传于世到永远。
长征路上每阶段，生死离别频上演。
刻骨铭心常牢记，悲壮故事千千万。
血与火，生与死，顽强意志之考验。
红军全体指战员，转移南北来征战。
共产党人尽展示，世界人生价值观。
红军长征之胜利，贵在时间之积淀。
党魂军魂民族魂，革命精神之体现。
历久弥新启后人，指导现实富内涵。
今朝战争硝烟去，和平崛起谋发展。
实现伟大中华梦，新的长征新起点。
中华民族要振兴，犹如长征路漫漫。
严峻困难将面临，改革开放勇攻艰。
高擎长征之火炬，光荣传统记心间。
新的世纪新阶段，不断开创新局面。
不忘红军长征路，人类文明做贡献。
长征精神放光芒，照耀我们永向前。

伟大的长征精神

胸怀目标不畏惧，矢志不移战艰险。
勇往直前英雄气，坚持理想和信念。
实事求是识时务，独立自主创局面。
顾全大局讲团结，心系群众共患难。
百折不挠民族志，自强不息高体现。
时代音符撼心灵，催人奋进永向前。

长征精神之内涵一

长征精神赋内涵，乐于吃苦尚在前。
勇于战斗不怕死，不怕艰难与万险。
坚不可摧有谋略，英雄主义得体现。
求真务实多审势，独立自主不畏难。
善于团结顾大局，集体主义是关键。
一不怕苦心中装，二不怕死献肝胆。

自强不息民族风，百折不挠更善战。
工农红军人民军，血肉之躯谱新篇。
盘古开天人类史，无与伦比史诗传。
长征二万五千里，坚忍不拔斗敌顽。
红军长征世壮举，永远铭刻在心间。
犹如地球红飘带，坚定无畏世人赞。
激励后人向前进，改革开放永登攀。

红军长征之内涵二

红军长征是典范，坚定理想和信念。
个人安危度身外，敢于胜利意志坚。
顾全大局守纪律，亲密团结道德观。
众志成城忠于党，不怕牺牲永克坚。
四渡赤水谋略高，巧渡金沙扫敌顽。
神速飞夺泸定桥，大渡河上不畏难。
巍然耸立大雪山，草地沼泽一片片。
后有追兵急行军，前有重敌把路拦。
转战二万五千里，杀出生路得保全。
纪念长征八十年，精神财富代代传。
改革开放新长征，任重道远路漫漫。
继续弘扬好传统，与时俱进重实践。

长征精神红色旅游火炬传递

全国红色旅游办，五月五日向世宣。
纪念中国子弟兵，红军长征八十年。
薪火相传创辉煌，红色旅游火炬传。
旨在追忆红经典，弘扬长征之理念。
发展红色之旅游，实践核心价值观。
爱国主义须培育，长征精神要宣传。
本次活动之重点，选择红军长征线。
火炬传递为载体，长征沿线选景点。
保护红色旅游区，挖掘红游之经典。
长征精神要发扬，红色旅游品牌展。
活动分为两部分，火种采集火炬传。
涉及省市十五个，参与二十六个县。
三十多个旅游区，火种采集六个点。

火种采集之时间，八月五日起始点。
八月二十五日至，火炬传递再开展。
九月六日火炬传，十月十八是终点。
行里一万多公里，历时三个月期满。
火炬传递各站点，媒体采集将开展。
寻找红军之足迹，口述红色历时延。
缅怀革命之先烈，祭奠活动来开展。
红色遗产要保护，红色旅游即发展。
长征精神手拉手，红军小学应募捐。
万人签名重教育，旅游发展要重谈。
活动突出群众性，红色文艺将义演。
组委发布了标识，志愿者由各地选。
火炬传递路线图，地标旗帜各网点。
活动邮票首日封，统一服装亦规范。
将在全国范围内，招聘各类之人员。

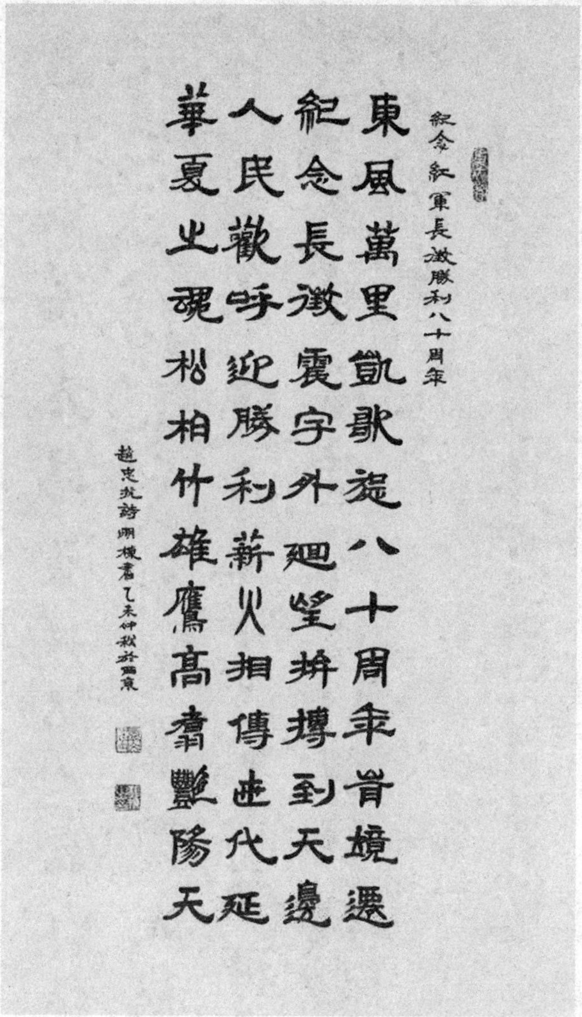

赵忠抗诗，书法家明栋书

纪念红军长征胜利八十周年

东风万里凯歌旋，八十周年异境迁。

纪念长征震宇外，回望拼搏到天边。

人民欢呼迎胜利，新火相传世代延。

华夏之魂松柏竹，雄鹰高翥艳阳天。

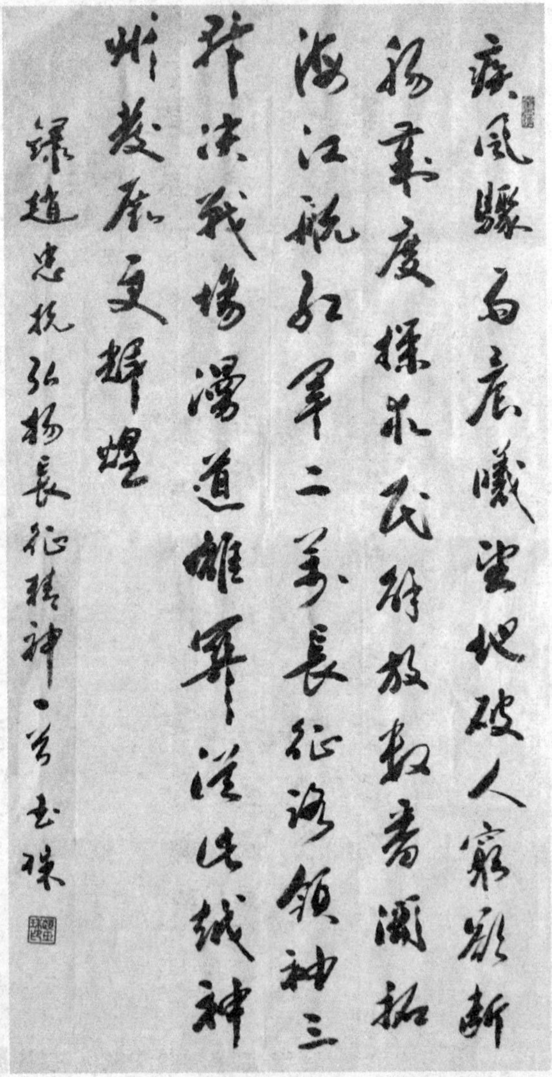

赵忠抗诗，书法家赵玉珠书

弘扬长征精神

疾风骤雨晨羲望，地破人穷欲断肠。

几度探索民解放，数番开拓海江航。

红军二万长征路，领袖三开决战场。

漫道雄关从此越，神州发展更辉煌。

后 记

我于 1951 年 2 月出生于陕西省商洛市丹凤县龙驹寨镇。昔日的故乡，山大林深、交通不便、信息不灵，是一个经济欠发达的贫困山区。在故乡这块土地上，我上小学、中学；1968 年参军入伍，1973 年退伍返乡，担任大队党支部书记；1977 年在西安上大学，毕业后分配到北京，进入国家机关部委，现已退休四年。

我热爱故乡，无论它是贫瘠，还是富有，是这块土地养育了我。它是我作为一个在外游子的根，无论走到哪里，我的血液里、我的生命里，总会存有故乡的基因和元素。

我的故乡商洛是一个革命老区，是中国共产党领导的鄂豫陕革命根据地的中心区域，也是全国革命老区之一。我是生在新中国、长在红旗下，随共和国一起成长的一代人。在我幼小的心灵中，工农红军闹革命、打土豪、分田地，为了理想和自由而战的英雄事迹和动人故事，一直在我的耳边回响，并留在我永恒的记忆当中。

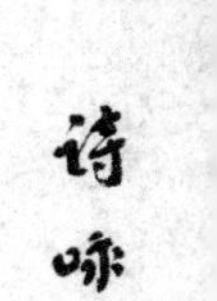

早在 1927 年大革命时期，即建立商县、丹凤龙驹寨两个中共特

别支部。1928年渭华暴动，西北工农革命军总司令唐澍率军入洛南。土地革命时期，1930年7月，中共陕西省委派省委执委、陕西领导小组组长陈征回山阳开辟地下革命斗争。在商洛这块土地上，曾先后有五支红军，即：1932年10月，徐向前、陈昌浩率领红四方面军；1932年11月，贺龙、关向应率领红三军；1933年，汪锋、刘志丹率领红二十六军；1934年，徐宝珊、吴焕先、程子华、徐海东率领红二十五军；1936年12月，徐海东、程子华、刘志丹率领红十五军团和陈先瑞率领的红七十四师等，红军转战商洛各县，建立苏维埃政府，创建了以商洛为中心的鄂豫陕革命根据地，播下了革命的火种。

抗日战争爆发后，1937年11月，中共陕西省委派地方科长王柏栋回商洛开展抗日救亡运动。解放战争时期，1946年7月，中原军区司令员李先念、副司令员王震创建了以商洛为中心的鄂豫陕革命根据地，并与地方武装胜利会师。在两年多的战斗中，进行大小战斗280多次，歼灭瓦解敌军一万多人，收缴各种武器、弹药四十多万支（箱），解放了商洛全境，建立了七个县级人民政权，在中国革命斗争史上留下了光辉的一页。工农红军在商洛的一系列活动，是在中国共产党领导下，中国人民革命历史上的一个组成部分。

我本人从小就接受了传统教育和革命历史教育，红军二万五千里长征的历史，早已在幼小的心灵深处打上了深深的烙印。曾记，在20世纪60年代，举国上下都处在那场狂热的运动中，那时我刚

刚十五岁，同样经历了大鸣、大放、大字报、大批判，打倒“党内走资本主义道路当权派”的运动。期间，我参加了红卫兵大串联，来到北京，成为伟大领袖毛主席接见成千上万红卫兵中的一员，在那个“火红”的年代里，自己心潮澎湃、热血沸腾，感到无比喜悦与自豪。1966年10月25日，《人民日报》发表了《红军不怕远征难》的社论，文中号召青年学生学习和发扬红军长征精神，到社会的大风大浪中去锻炼自己。在国内红卫兵进行徒步“长征”串联的大潮中，我们五个同学也成立了“永红长征队”。学校当时补助伙食费、鞋袜费共计30元。我们五人各自从家里拿出30斤粮食卖给国家粮店，换取了30斤全国通用粮票，每个人买了几双草鞋，背着铺盖就开始“长征”了。我们的目标是去伟大领袖毛主席故居韶山，这在当时被称为红太阳升起的地方。我们从丹凤县县城龙驹寨出发，线路是途经商南县、河南省西峡县、内乡县、镇坪县、南阳市、唐河县、湖北省的枣阳县到武汉，再从武汉向湖南，终点是韶山。我们每天要徒步35公里，每到一处，都有地方接待站。开头几天感到很新鲜、也很好玩，大家蹦蹦跳跳，一路行走，一路高歌。往后的日子里，大家越走越累，就停下来歇一歇，分别讲述红军长征中的感人故事以此来鼓舞士气。行进中，当遇到别的红卫兵“长征”队伍时，大家互相拉歌，朗读毛主席语录。我们喊的最多的口号是：“苦不苦，想想红军二万五，累不累，想想革命老前辈”。我们走

到南阳，进行了两天休整，向唐河和枣阳县前行。当我们到达枣阳后，大家都感到十分疲倦，浑身酸痛，脚上也磨起了血泡。我们合计着从枣阳到武汉乘火车前往。因当时免费乘火车大串联已经停止，我们每人花四元钱购买去武汉的火车票。当我们到达武汉后，中央发出停止徒步串联的通知，要求红卫兵返回原地就地闹革命。因此，我们停止了徒步串联，结束了我们的“长征”之行，也未完成到达韶山的目标而返回故乡。

今年是中国人民抗日战争胜利暨世界反法西斯战争胜利七十周年，也是中国工农红军长征胜利八十周年。新中国成立以来，特别是改革开放以来，我们的祖国繁荣昌盛，人民生活幸福美满，安居乐业，我的家乡也发生了翻天覆地的变化。这一切的一切，都是无数革命先烈用鲜血和生命换来的。万物有根，饮水思源。我们不能忘记历史，更不能忘记在中国共产党领导下红军长征的历史。正是有了伟大的长征精神，才有了延安精神和西柏坡精神，才有了全中国的解放。一个没有文化的民族、一个忘记历史的民族，是一个没有希望的民族。红军长征不是一个单独的历史事件，也不是行程二万五千里这个数字。它是用红军的血铸就了民族的魂，它早已形成中国的红色文化，已被列入世界物质文化遗产。

长征这一人类历史空前的伟大壮举已过去整整八十年了，但它今天仍然强烈地感动着中国和世界。长征是人类历史上无与伦比的

革命壮举，是中国共产党领导的工农红军创造的人间奇迹，是世界战争史上的旷世奇迹，是中华民族一部惊天动地的壮丽英雄史诗，也是中国革命史上一座万世不朽的丰碑。

长征的胜利使中国革命转危为安，成为中国共产党革命事业从挫折走向胜利的伟大转折点。同时，长征也是一部博大的教科书，特别体现在崇高理想，坚定信念；百折不挠，追求真理；团结统一，患难与共；军民一家，鱼水情深等方面，它是一本永远也写不完的书。

不知有多少人，无论是国内还是国外，无论是领袖还是民众，充盈其间的“诗意”，点亮了人们的智慧与哲理，红军那坚定无畏的精神，百折不挠的斗志，让世人壮怀激烈，世代敬仰。而今，挖掘和打捞沉淀于岁月深处的精神宝藏，继承和发扬红军精神，在今天改革开放的新形势下，如同革命战争从“星火”燃向“燎原”，这也是长征最伟大的历史意义所在。

毛泽东同志曾评价红军长征是“宣言书、播种机、宣传队”。英国蒙哥马利元帅曾评价长征是“一次体现坚忍不拔精神的惊人业绩”。美国记者索尔兹伯里赞扬长征“过去激励人心的，现在仍然会引起世界人民的钦佩”。我们中华民族缔造了长征精神，因而更有责任把它发扬光大。长征精神已经突破了时代的界限，长征精神永远不会过时，必定在神州大地薪火相传。伟大的事业需要伟大的精神支撑，伟大的精神推动着伟大的事业不断迈向新的长征。今天，

在我党和人民建设中国特色社会主义的精神推动下，在改革开放进入攻坚战、体现社会主义核心价值观，全国各族人民努力实现“中国梦”的新的历史阶段，全国上下继往开来，与时俱进，任重而道远，我们今天的事业同样是一次新的、更大的、更艰苦的新长征。长征精神将永远成为中国人民进行革命和建设的宝贵精神财富。

我退休以后，受聘于北京融通汇信投资管理咨询有限责任公司。该公司董事长李春平先生在企业管理中，特别重视企业文化和企业精神，并将其作为公司建设和发展的引领。为了纪念中国人民抗日战争胜利七十周年和红军长征胜利八十周年，公司党委研究出一本关于宣传红军长征精神的书，在大家集思广益的基础上，决定由我撰写一部《诗咏长征》诗集，作为对红军长征胜利八十周年之献礼。

《诗咏长征》这部诗集主要内容包括：红军长征的历史背景，红军突破国民党封锁及围追堵截，在极其艰苦的条件下，红军浴血奋战，不怕牺牲的实例，如湘江之战，遵义会议，四渡赤水，强度大渡河（飞夺泸定桥），抢渡金沙江，爬雪山、过草地，激战腊子口，红军会师以及红军长征中的一些感人的故事等。此部诗集在创作过程中收集了大量有关红军长征的历史文献和资料，其中大部分参考了《中国共产党新闻》网中关于长征的故事。本诗集以记人叙事的方式，在文学形式上采用了打油诗、顺口溜或快板的传统写作方式，故事情节比较具体，力争做到简捷明快，朗朗上口，便于记忆。

本人非文学专业出身，对这样较大的历史性题材的写作仅限于一次尝试，加之本人水平有限，书中的错误之处在所难免，希望广大读者和社会各界人士给予批评指正。

在本书出版过程中，陕西省作家协会主席、著名作家贾平凹为本诗集题写书名；老红军王定国、国防大学原政委赵可铭上将、国家原电子工业部部长张挺、朱德总司令嫡孙朱和平将军、中国现代文学馆原副馆长周明、中共中央办公厅机要交通局原副局长（正局级）王添生等领导为本诗集题词；国家原第四机械工业部部长钱敏、国家原信息产业部部长吴基传等老领导对本诗集给予了关心和支持。画家张宏喜为本诗集作画，书法家明栋、赵玉珠为本诗集书写题诗。本书同时还得到了贾平凹文化艺术研究院常务副院长王立志、上海秦泸投资集团有限公司董事长储德佐、上海紫思控股集团董事长王智永、中军联认证有限公司总经理罗华英、北京四季海星电梯工程有限公司董事长宋海荣、陕西盛天国际文化产业有限公司总经理李军鹏；中融华夏（北京）投资基金有限公司董事长王小航、北京汇昊方元技术服务有限公司总经理孙文静的友情支持和大力协助，在此一并表示衷心的感谢！

赵忠抗

二〇一五年八月二十日 于北京